小学館文庫

夢探偵フロイト

—ナイトメアの殺人実験—

内藤 了

小学館

目次

登場人物

風路《かざみち》亥斗《かいと》（フロイト）　私立未来世紀大学夢科学研究所の所長。神経心理学、社会心理学、文化情報論の教授

城崎《しろさき》あかね（ペコ）　夢科学研究所の助手。人文学部の学生。卒業間近

森本《もりもと》太志《ふとし》（ヲタ森）　夢科学研究所のＣＧクリエイター。修士課程で情報工学を学んでいる

卯田《うだ》姫香《ひめか》　夢科学研究所に勝手に出入りしているもと『夢売り』

塚田《つかだ》翠《みどり》　夢科学研究所の産学協同企業『塚田善左衛門商店』のお嬢様

伊集院《いじゅういん》周五郎《しゅうごろう》　私立未来世紀大学の学長。植物学者

タエちゃん　私立未来世紀大学『おばちゃん食堂』のおばちゃん

夢探偵フロイト

―ナイトメアの殺人実験―

Dream Detective
Freud

Case file No. 5 : The Battle against Nightmare

――追い続ける勇気があれば、全ての夢は実現する。

ウォルト・ディズニー――

プロローグ

しんしんと雪が降る真夜中だった。

若い男性介護士が施設の廊下を歩きながら窓を見ていた。

雪の夜はなぜか明るく、空はぼんやりとした灰色で、舞い散る雪が綿毛のようだ。

雪が音を吸い込むせいか、屋外は静かであった。けれど、

『ひゅううう……』

廊下の先のB棟からは途切れ途切れに不気味な声が聞こえていた。

静かな夜であるだけに、うなされる声はなおさら不気味に響いてくる。聞いている だけでも怖さが伝わるうめき声は、ここしばらく夜勤スタッフの間で噂《うわさ》になっている やつだ。実際に聞くと確かに気持ちが悪くなる。

それは一人の入居者から始まって次々に別の部屋へと伝播《でんぱ》した。入居者の急死も続 いていて、うめき声との関係が噂されている。

介護士は足を止めて耳をすました。

ううううう……。

微《かす》かな声は廊下を曲がった先のA棟からも聞こえてくる。

ううう……ひいい……。

もちろんB棟からも声がする。

B棟からA棟へ、うめき声は伝播したということだろうか。

その声は途切れたり重なったりしながら、足下を這《は》うように迫ってくる。たかが声だと割り切ってみても、真夜中に聞くのはおぞましい。

長い廊下は片側に窓が並んで、床に雪明かりが映り込んでいる。すべてがぼんやりとして薄暗く、なんだか別の世界のようだ。うなり声が止《や》む気配はない。

「なんなんだよ……」

口の中で呟《つぶや》いたとき、胸で介護ベルが振動した。

B棟からのSOSだ。小走りに廊下を駆けて部屋まで行くと、老齢の男性入居者が上半身を起こして胸を押さえていた。

「柴山《しばやま》さん。どうしましたか」

部屋の明かりを点《つ》けて近くへ行くと、彼はギョロリと介護士を睨《にら》み、大きく口を開けて息を吸い、いきなり胸ぐらを摑《つか》んできた。

「……柴山さん」

引き寄せられて、老人の息に顔をしかめた。地の底から臭ってくるような死臭を感じたせいだった。目前に迫る眼《め》の虚《うつ》ろさにたじろいだとき、老人はうつ伏せに倒れて動かなくなった。介護士は緊急コールを押して当直の医師を呼び、廊下へＡＥＤを取りに出た。

ううう……ひゅううう……。

どの部屋からか、それともすべての部屋からなのか、不気味な声があちらこちらから響いてきて、介護士は逃げたくなった。

彼はうなり声が死神と化して施設中を徘徊《はいかい》する幻を見た。死神に憑《つ》かれた老人の息にも死は潜んでいて、それがあの瞬間に自分の肺に入ったと感じた。

咳《せ》き込みながら廊下を走る。どうせ間に合わない、柴田さんは死臭がした、と考えながら。

二月。ぐずぐずと雪が舞う午後三時。介護士は車椅子を押しながら、窓の向こうに広がる灰色の風景に、あの晩のことを思い出していた。分厚い雲が日光を遮って、何もかもが色を失い、遠くなるほど空と見分けがつかなくなる。それはまた茫洋《ぼうよう》とした世界がこちらへ迫ってくるかのようで、あの晩のあれは何だったのだろうと考える。

柴山さんは助からなかった。最初の一人が急逝してから、柴山さんで三人目だったと思う。いずれも心臓発作というけれど、その前にうなされていたこととは関係ないのだろうか。思い出すのはあの瞬間の老人の顔と、息の臭いだ。胸ぐらを摑まれたときに感じた死の恐怖。看取《みと》りも行う施設だから入居者が亡くなるのは珍しくないけれど、あんな死なれ方はメンタルにくる。何も悪いことをしていないのに、あの瞬間、柴山さんから憎悪を浴びせられた気がしているのだ。

押している車椅子にも入居者の老人が乗っている。鼻にチューブを挿入し、車椅子には酸素ボンベを装着している。痩せた体に軽いベストを羽織り、骨の浮き出た足にスリッパを履いて、皺《しわ》だらけの手が車椅子の肘掛け部分を摑んでいる。老人は進むたび微かに首を揺らして目をしばたたく。

すでに彼の眼球は濁り始めて、固く結んだ唇は乾き、深い皺が刻まれた額から、伸びすぎた眉毛がこめかみに向かって垂れ下がっていた。

「今日も雪ですね」

と、介護士は老人に言った。

「さっきまで、けっこう強く降ってたんですよ。早く春になるといいですね」

この老人に来る春はない。それを知っていても介護士は、夢を見させるように先を続ける。

「そろそろ梅が咲くんじゃないかな。新田《にった》さん、梅は好きですか?」

答える代わりに老人はゴロゴロと喉を鳴らした。

「昨夜はよく眠れましたか」

眠れるわけがないだろう。老人は心で答えた。ドク、ドク、ドク……痩せた胸など突き抜ける勢いで心臓が鳴っている。おまえにはこの音が聞こえんのかと、老人は頭を動かしたけれど、真後ろにいる介護士に表情が見えるはずもない。

「ぼくもね」

と、介護士は言う。

「わりと眠りが浅いんです……最近は夜勤をしてると、うなされる声を聞くんですけど、けっこうみなさん眠れていないようですね。夢見が悪いと寝ても疲れちゃうっていうか」

進む先は共有スペースで、入居者たちが思い思いに過ごしている。窓には雪が貼り付いて、ガラスの内側が湿気で曇り、どんよりと気持ちの沈む天気であった。

「新田さんもうなされていたようですが、眠れないなら先生に頼んで眠剤を処方してもらいましょうか」

老人は答えない。薬なんかで眠ったら、わしはどこへ逃げればいいんだ。老人はそう言いたげに骨張った手で肘掛けを握った。

共有スペースには自力で歩ける人や他者と触れ合う気力がまだある人たちがいて、テーブルで談笑したり、ソファで本を読んだりしている。それぞれが穏やかな表情なのを見て、おまえたちは眠れているんだな、と老人は忌々しく思う。

眠れる者は穏やかな終末を迎えるさ。痛みや苦しみ、思い煩いから解放されて、甘やかな眠りにつくのだろうよ。

「あー……うー……」

と、老人は低くうめいた。死の先にあるのがそのような眠りなら、苦しみながら生きていようとは思わない。けれども眠りが恐怖なら、どうして死にたいと思うだろう。体は、頭は、これほど眠りを欲しているのに、生きるのも辛《つら》く、死ぬのも怖い。どこにも逃げ道なんかない。

ドク、ドク、ドク、と、心臓が鳴る。こめかみが締め付けられて、息を吸うたび肺が痛んだ。老人は涙を流したが、背後にいる介護士にはそれが見えない。

ああ悔しい、苦しくて腹が立つ。

「ああ……ううう」

びらんした口腔内《こうこう》がヒリヒリとして、乾いた唇が突っ張った。

「新田さん、雪を見ますか？」

介護士は窓のほうへ車椅子を回した。

窓の下には長椅子があって、そこで入居者の一人が居眠りをしている。色白だが浮《む》腫《く》んだ顔の服部《はっとり》という婆《ばあ》さんだ。ピンクのネグリジェをズルズル着込み、両脚をだらしなく広げて、部屋中の空気を吸い込むくらい大きな口を開け、ときおりイビキをかいている。

老人は敵意のこもった眼差《まなざ》しを老女に向けたが、介護士はそれを肯定ととらえて車椅子を進めた。

窓一面が灰色だ。固まった埃《ほこり》のように舞い散る雪は、老人に幼いころ墓地で見つけたニワトリの死骸を思い出させた。イタチか何かに食い散らされたニワトリは、羽毛がこんなふうに舞っていた。草むらに散った血の赤と、無残にむしり取られた大量の羽根は、千の言葉よりも雄弁に死を語る。自分はあのニワトリそっくりだ。生きていると言えないのに死ぬこともできない。老人は唇だけを震わせた。

「あらあ、新田さん。おかげんいかが？　調子が悪いと聞いたけど、思ったよりも元気そう」

服部の婆さんが目を覚まし、いきなり話しかけてきた。癇《かん》に障る高い声、ニタニタと人をくった表情をしている。全ての指に指輪をはめて、クルクルしたカツラを被《かぶ》り、歌劇団の少女が舞台で着るような寝間着をきている。噂好きでお喋《しゃべ》りで、日がな一日興味本位に他人の不幸を漁《あさ》っている。

「ああ服部さん。新田さんの呼吸が苦しそうなので、ぼくは先生を呼びに行ってきますけど」

介護士が車椅子にロックをかけると、

「いいわよ。私が見ててあげるから」

服部の婆さんはニマリと笑った。

「すみません」

介護士がそばを離れると、婆さんはネグリジェをたくし上げて車椅子の脇にしゃがみこみ、老人を仰ぎ見た。顔には笑みが貼り付いている。

「聞いた？　あ、そうか。新田さんはしばらく調子が悪かったから、知らないわよね。新田さんと仲よしだった柴山さん、死んじゃったのよ。心臓麻痺《まひ》だって」

彼女はさらに微笑《ほほえ》むと、

「それがね、もっと怖い話があって」

と、伸び上がって老人の耳に唇を寄せた。老人の心臓がドク、ドク、と鳴る。

「B棟で心臓麻痺が続いたじゃない？　柴山さんもB棟だったし、なにか悪い病気が流行《はや》ってるんじゃないのって噂でね。そういう話になってくると」

こう言っちゃなんだけど、と、彼女は思わせぶりに体をくねらせた。

すごい情報を持ってるの、あんたに教えてあげるから感謝しなさい。

心の声が老人には聞こえた。

「柴山さんと仲がよかった新田さんも危ないんじゃないかしら？　熱が出るとか咳《せき》が出るとか、なにか症状があればいいけど、そうじゃないからわからないのよ。でも、夜になると、うなされるんですって。A棟はまだいいけれど、B棟の人は心配よねえ。あら、ごめんなさい。新田さんもB棟だったわね」

他人の不幸を弄ぶように、婆さんはニタリと笑う。

その時だった。老人は彼女に目を向けて、腕を掴むなり、よろめきながら車椅子から立ち上がった。

「やだ、どうしたの」

「いいことを教えてやる」

そのまま腕を引き寄せて、ウィッグに唇をめり込ませ、おぞましい息を吐きながらこう告げた。

「あれは伝染病だ……わしも感染したんだよ。あんたにもうつしてやる。あんたもうつって、何が起きたか、得意になって喋るがいい」

「ひい！」

痩せ衰えた老人の思いがけない怪力に老婆は怯《おび》えた。

老人は耳に息を吹きかけて、呪詛《じゅそ》の言葉を呟いた。

「やめてよ、やめてえ」

金切り声をあげながら、婆さんは老人を突き飛ばす。鼻のチューブが外れて車椅子が倒れ、ボンベが床に当たって酸素が噴き出し、老人は彼女のウィッグを掴んだまま、転がって床に倒れた。

共有部分にいた人たちが振り返り、何人かは立ち上がってそれを見た。

老人の体はビクンビクンと痙攣《けいれん》し、助けを求めるように腕を伸ばすと、次には胸のあたりを掴んで転がり、数秒後には動かなくなった。喘《あえ》ぐように口を開け、濁った目を見開いたまま、口から泡を吹いている。

服部さんは床に尻餅をついて震えながら、両手で自分の頭を掴んで、

「ぎゃーっ！」

と、何度も悲鳴を上げた。廊下の奥から介護士と医師が走ってくる。

「うつされた！」

と、彼女は叫んだ。

「このジジイが！　私に……私……私に感染させた！」

医師は老人を仰向《あおむ》けにした。介護士がＡＥＤを持って来て、ベストと病衣を剝ぎ取る間も、服部の婆さんは叫び続けた。ペタリと床に座ったままで、両手を上下に振りながら、

「伝染病よ！　みんな死ぬのよ」

永遠の眠りについた老人の顔には恐怖が貼り付き、胸を摑んでいた手には、カールした白髪のウィッグが絡《から》んでいた。

1　幽霊森の訪問者たち

――入社内定者の皆様へ。

株式会社スイセン人事部の小山と申します。皆様は学業に励んでおられることと思います。このたびは入社説明会のご案内でメールさせていただきました。

来年度入社予定の皆様に当社のことをより一層ご理解いただくために説明会を開催いたしますのでご参加ください。

……会場で皆様とお会いできるのを楽しみにしています。――

この春私立未来世紀大学を卒業予定の城崎《しろさき》あかねは、電車の中で何度もメールを読み直していた。

出遅れた就職活動で苦戦を強いられ、試験を受けては『お祈りメール』を受け取る日々に心折れながら、ようやく内定をもらえた企業からの通知であった。

入社説明会に出られる日が来るなんて信じられないという気持ちもありながら、ひとつの成果として誇らしく、けれど不安もたくさんあった。電車がトンネルに入るたび、スーツ姿にコートを羽織ってビジネスバッグを抱えた自分が車窓に映って（だれ？）と思う。まるで『社会人』のコスプレみたいだ。

「ふぁ～」

あかねは眉尻を下げて溜息《ためいき》を吐《つ》いた。ピンクや赤に染めていた髪を黒くして、白いブラウスに黒いスーツをビシッと着ても、中身がどんな状態か、自分が一番わかっている。お気楽大学生だった城崎あかねは、大学を出ていっぱしの社会人として自立できるのだろうか。採用してくれた企業のお役に立てるのか。こんな私でいいのだろうか……誰より不安に思っている。

トンネルを抜けると車窓に外の景色が見えて、半泣き顔の自分は消えた。

いや、もっと大きな問題があって、卒論の提出期限が迫っているのに、文章や構成に手間取って、言いたいことの半分も書けていないのだ。卒業見込みは見込みでしかなく、卒業できない可能性だってある。

卒論、卒論……卒論をなんとかしなくちゃ、会社さまに迷惑をかけちゃう。

「あ～」

と、つり革を見上げたとき、電車は入社説明会会場の最寄り駅に滑り込んでいった。

電車を降りると仲間の姿をつい探す。パリパリのスーツに身を包んで履き慣れない靴を履き、期待と緊張で強《こわ》ばった顔をして、行き先を間違えないようにスマホを見ている若者がいたら、近い未来の同僚かもしれない。

そんなに大きな会社じゃないと思っていたのにホテルで説明会をやるなんて、実は羽振りがよさそうだ。水道の蛇口って儲《もう》かるのかな。私に営業なんてできるんだろうか。

電車を降りた人たちは誰もが大人びてしっかりと見え、ますます不安になっていく。流れのままにホームを歩き、あかねは心で自分に囁《ささや》く。しっかりしなくちゃ……しっかりしなくちゃ。固くスマホを握りしめ、出口を間違えないように歩きながら、もう一度ルートを確認する。指定された番号の出口を探してエスカレーターに乗ってから、天井を見上げた。

地上の明かりが迫って来たとき、あかねは、今までと同じ世界を今までとは違った目線で見る時が近づいて来たのだと考えた。

学生時代がとうとう終わる。私は社会人になるのだと。

『株式会社スイセン・入社内定者様説明会場』

とても立派なホテルだった。だだっ広いロビーの片隅に会社の案内サインが立っていて、その横でビシッとスーツを着込んだ年配の男性が来る人たちを見張っていた。

うわ、マズい。こういうときはどう挨拶すればいいんだっけ？　ご苦労様……って言っちゃダメなんだよね？　黙って頭を下げればいいのかな。それも芸がないからニッコリ笑う？　いや、むしろ変だよね……うわ、どうしよう、いちいちわからん。

ついパニックになって、入口ドアを入ったところで立ち止まった。後ろからビジネススーツの若者が来て、あかねを追い越して先へ行く。ツーブロックカットの髪の毛を先端だけ金色に染めた男性で、けっこうチャラい感じがする。その後ろからスタイルのいい女性が来て、やはりあかねを追い越した。二人ともスーツの男性に会釈して、颯爽《さっそう》とホールを進んで行く。

あかねも慌てて歩き出し、会釈してから二人のあとを追いかけてエスカレーターに乗った。慣れない靴では大きく足を踏み出せないので、チョコチョコと小走りの感じになる。

あかねは自分がゼンマイ仕掛けの人形になった気がした。

先へ行く二人は同じ年頃だと思うのに、どうしてあんなに堂々としているんだろう。ていうか金髪でもOKだったの？　手すりの下を覗《のぞ》いてみれば、説明会に向かう仲間や、ホテルを使う人たちが次々にやって来る。誰もが落ち着いて堂々として、立派なホテルにいるのが当然みたいな顔をしている。背中を丸めてオドオドしているのは自分だけだ。何度か目をパチパチさせてから、あかねは真《ま》っ直《す》ぐ前を見た。

ガンバレ城崎あかね。選んでくれた企業さまのお役に立つんだ。

エスカレーターの先にいたのも偉そうな感じの人たちで、説明会に向かう者を出迎えている。誰もが高そうな服を着て、目と口元だけが微笑《ほほえ》んでいる。その人たちのひとりが言った。

「ご苦労様です。説明会場はあちらです」

ペコリと頭を下げながら、（あ、ご苦労様って言った）と、あかねは思った。あ、でも、それでいいのか。私たちは新人で、あの人たちのほうが目上だから。

「うーっ、社会人って大変だぁ」

本当にやっていけるのかな。どうして人は大人にならなきゃいけないんだろう。眉間に縦皺《たてじわ》を寄せて考えていると、頭の中でヲタ森が、面倒臭そうな顔をして、

『誰も大人にならなかったら、世界中がヨボヨボのガキで溢《あふ》れるからだろ』

と、答えた。ヲタ森は大学の研究所にいるCGヲタクだ。

入口の受付で名前をチェックし、書類の束を渡されてから、背筋を伸ばして会場に入る。パーティションで壁を仕切った会議場程度の広さの部屋だった。五十席の椅子を同じ方向に向かって並べ、正面に大きなスクリーンがあって、その上に『株式会社スイセン・入社内定者様説明会』と書かれた横断幕がある。両脇に豪華な花が飾られ

て、正面にリボンで飾ったマイクが置かれ、脇に司会者用のデスクがあって、こぎれいな女性司会者が立っていた。

あかねは椅子に座って、もらった書類を確認した。入社時契約書と、保証人からサインをもらう書類、ほかにも家族構成や親戚や交友関係など、水まわり工事をオススメできる人たちのリストを書く書類があった。予《あらかじ》めこの書類に記載しておくと、定価より安く工事をしてもらえるらしい。

何もかもが初めてなので、あかねはますます緊張してきた。

そうかー、こうやって書類を書くのか。これから先は契約書を交わして生きていくんだ。大学入試の必要な書類は、親が書いてくれたものにハンコを押しただけだったのに、大人になるって大変だぁ。

説明会は定時に始まった。司会の人が挨拶をして、社長さんが壇上で喋《しゃべ》り、巨大スクリーンでアゲアゲのビデオが上映されて、社の方針が連呼された。

——弊社は社員ひとりひとりの能力を最大限に引き出します！　弊社の社員はほとんどが、五年間で一千万円を貯金できます！——

いいい、いっせん、まんえん……ですと？

なんだかクラクラしながらも、あかねは少し首を傾《かし》げた。

前にヲタ森から聞いたことがある。企業が社員を雇った場合、一人にかかる経費は年間一千万円超。そこに給料や賞与や交通費や福利厚生費が含まれるとして、五年で一千万円を貯金できる給料は、幾らになるというのだろうか。

え？　ここってそんなにお給料よかったっけ？　そもそもそんなすごい会社に採用された実感、なかったんですけど。えーと、えーと……。

指折り数えているうちに、いつしかビデオは終わっていた。

パーティションの奥に用意されていたビュッフェ形式の豪華ごはんをご馳走《ちそう》になり、書類の提出に念を押されて、ようやくホテルを出た午後に、あかねは同じ服装のままで私立未来世紀大学へ向かった。

慣れない説明会で疲れていたが、それを癒やすのは寮ではなくて、大学の夢科学研究所だったからだ。研究所の仲間に説明会に出たことを報告したかったし、そう考えるだけで『仲間』というフレーズにキュンとした。

ああ、なんで自分はもっと早くからあそこにいなかったのか。卒業というのにやり残したことはあまりに多く、過ぎ去る時間が惜しくてならない。情熱を傾けることの価値をようやく知ったらお別れなんて。でも、それが現実なんだ。

私立未来世紀大学は埼玉県所沢市三津ヶ島《みつかしま》にあり、狭山湖《さやまこ》周辺の高台に東京ドーム八個分のキャンパスを持っている。周囲を森に囲まれたリゾート感満載のロケーションが売りのひとつだが、この季節は広い芝生が雪を吸い込んで濡《ぬ》れていて、吹き抜ける風があまりに冷たい。庭園名物の巨大噴水も夜間から明け方にかけて凍ってしまうし、植物学者の学長が丹精込めたバラ園も、トゲトゲの枝がトピアリーに絡んでいるだけだ。剪定《せんてい》も施肥《せひ》も必要ない季節とあって、バラ園で学長の姿を見ることもない。

寂《さみ》しいバラ園にチラリと目をやってから、あかねは大学の庭を囲むように延びる冬期避難用の回廊へ向かった。その回廊は購買会やレストランのある棟と本館の学習棟をつないでいて、真冬は寒風をよけて行き来ができる。入ったら最後、途中で抜け出すことができないくらい長いので、蒸し暑い夏には魔の回廊と呼ばれるが、冬場はとてもありがたい。

夢科学研究所へ行くためには、この回廊にひとつだけある管理用の切れ目から、その奥に広がっている森へ入っていかなくてはならない。大学が拡張用の土地として購入したまま手つかずになっている土地は、手入れがされないためヤブヤブの森になっている。そこではしばしば大学教授の幽霊が目撃されるので、ついた呼び名が『幽霊森』だ。目立った成果もまだなくて予算も乏しい夢科学研究所は、この森にプレハブ小屋を建てて活動拠点としている。

今では慣れ親しんだ回廊の風除《かざよ》けをありがたいと思いながらあかねは進む。床がコンクリートなのでパンプスに水が染みないし、一番は、震える程の風から守ってくれる。いつもはスニーカーかブーツを履いて、ゆるゆるパンツにパーカーかセーターというスタイルなので回廊を大股で進んで行けるが、スーツにパンプスではそうもいかない。スカートの裾がタイトで思うように足も開かない。何事もそうだけれども、実際にやってみないとわからないことは多いのだ。

ようやく回廊の切れ目に出ると、あかねは立ち止まって溜息を吐いた。

夢科学研究所のプレハブまではけっこうな距離がある。回廊内部はコンクリートで舗装されていたが、そこから先はただの藪《やぶ》で、地面が剝《む》き出しになっているのだ。土が凍っていた真冬や、スニーカーやブーツを履いているときは気にならなかったが、ぬかるんだ地面をどうやってパンプスで歩けばいいのか。

「うえぇー……めっちゃぐっちゃだ」

あかねは腕組みをして考えた。探偵になったような気分であった。

今までの自分とはもう違う。間もなく社会人になるのだし、困難はこれからいくらでも襲ってくるのだ。性急に事を進めないこと、考えること、実行すること。自分自身に言い聞かせていると、パッとアイデアが降ってきた。

ビジネスバッグをかき回し、マイバッグ用に持ち歩いているレジ袋を二枚出す。それをパンプスの上から履いて、持ち手部分を足首に縛りつけ、落ち葉と泥が一緒くたになった幽霊森に踏み入った。

　森には雑木が生えていて、クマザサとモミ以外はきれいに葉っぱを落としてしまっていた。あんなに鬱蒼《うっそう》としていたのに、落葉が始まると見る間に空がひらけていって、今では細い枝だけが頭上で絡みあっている。枝先が少し赤いのは、森が芽を吹く準備をしているからだ。そんな些細《ささい》な情報さえも、ヲタ森から得たと思うと愛《いと》しい。

　ヲタ森は本名を森本太志《もりもとふとし》といって、修士課程で情報工学を学んでいる大学院生だ。夢科学研究所では夢を可視化するCGクリエイターとして活躍しているのだが、夢の世界を再現するために植物の三次元画像を創り出す研究に目覚めて植物学を受講し始めた。それまでのヲタ森は、食用かそうでないかが植物に関する興味の全てだったのに、今では様々な条件によって生じる木々の変化をデータ上で再現できるソフトを完成させようとしている。

　レジ袋は水を通さないけれど、袋の中で足が滑ってけっこう歩きにくかった。落ち葉が積もった場所を選びながら進んで行くと、木々の向こうに白いものと青いものと黒いものが見えてきた。白いのは夢科学研究所のプレハブ小屋で、ブルーシートを庇《ひさし》のように張ってロケットストーブを置いている。プレハブの脇には黒くて大きな配電ボックスがあって、それら三つの施設を合わせたものが『夢科学研究所』だ。

　夢科学研究所の入口ドアにはビニール袋に入れたコピー用紙が貼りつけてある。以前は雨に濡れるたび貼り替えていたのだが、卯田姫香《うだひめか》という居候がビニール袋に入れる方法を提案した。袋の口を下側に向けて、その部分をガムテープで塞ぐことにより、貼り紙の寿命は格段にのびた。書かれている内容はこうだ。

――未来世紀大学・夢科学研究所

ご用の方はノックをどうぞ。出入りは迅速俊敏に――

ぐっちゃん、ぐっちゃん、ガサガサガサ、と、賑《にぎ》やかな音を立ててドアの前まで行くと、あかねはレジ袋の結び目を解き、袋を脱いで、玄関代わりに敷かれた人工芝の上に立つ。

秋以降、研究所の入り口は人工芝が敷かれるという改善を見た。大学がグランドの人工芝を張り替えたとき、ヲタ森がゴミ処理業者からちょろまかしてきたやつをドアの前に敷いたのだ。泥だらけの靴で内部に入ると床が汚れて埃が立って、大切な機器に悪影響が出るからだという。

脱いだレジ袋は帰りにも使うので、小石を載せて避《よ》けておく。あかねはドアの前に立ち、トントンとノックしてから返事を待った。

「……あれ？」

いつもならヲタ森が「どうぞ」と言うのに、返事がない。

再度ノックをしても梨の礫《つぶて》だったので、素早く開けて、素早く入った。

冬はヤブ蚊がいないので素早く出入りする必要はないと思っていたけど、暖房の熱が逃げないように即時開閉は必須なのだった。

夢科学研究所の内部はシンプルだ。四方に窓がある壁は、一面だけ機材で塞がれて、ヲタ森の牙城となっている。壁に沿って長いテーブルを置き、何台ものパソコンやプリンターやスキャナや、わけのわからない機材を並べて、ヲタ森はそれを同時に操作する。ほかにも大型の3Dマシンや立体スキャナや、様々な機材が置かれているが、それらはすべてヲタ森の私物だ。彼は凄腕《すごうで》のクリエイターだが、収入のほとんどを機材につぎ込んでしまうので、寮費を滞納して寮を追い出され、今ではほぼ研究所に寝泊まりしている。部屋には給湯設備とシンクがあって、シンクの脇に物置があり、その裏側にトイレがある。

中央の大きなテーブルにデスクトップパソコンが置かれていて、あかねはそこで夢科学研究所がネット上で運営する研究室サイトの管理をしている。テーブルの脇が風《かざ》路亥斗《みちかいと》教授のデスクだが、今日は留守のようだった。講義に論文に学会に、加えて卒業式や新年度の準備など、教授は教授で忙しい。

そんなわけで研究所には空きスペースがほとんどない。ダルマストーブが置かれる冬はなおさらだ。バタンとドアを閉めたとき、目に飛び込んできたのはストーブの周囲に干されたカラフルパンツだった。パイプ椅子の背もたれと座面を物干し代わりに歌麿《うたまろ》やゴジラや富士山やマンドリル柄のパンツが干されている様は、チープなアート作品のようにも見える。

「あっ、もう、また！」

と、あかねは怒った。お客はほとんど来ないけど、お客が来たら一番目につく場所にパンツを干さないでと、何度言ったらわかるのか。秋口までパンツは外のブルーシートの下に干されていたが、さすがに冬は乾きが悪いと、ヲタ森が室内に持ち込んだのだ。ズカズカとパンツに向かって行くと、

「いらっしゃい」

と、あかねの席から声がした。見れば上から下まで黒い服を着た女子が、フロイトの白衣を羽織ってあかねの椅子に座っている。

彼女の名前は卯田姫香。ここの学生でも研究員でもないのに、好きなときに来て好きなだけいる部外者だ。特に来春のＯＡ入学を決めて以降は、いつでも勝手にやって来るのだ。

「卯田さん、そこ、私の席です」

ムッとして言うと、姫香はバンザイするように手を挙げながら、

「ちょっと借りただけじゃない」

と、平気で言った。立ち上がって席を空け、ストーブの脇で腕組みをする。

「それに白衣。それってフロイト教授のですよね」

夢科学研究所の所長風路亥斗は、その名をもじって『フロイト』と呼ばれている。

「はいはい」

姫香は白衣を脱ぐとハンガーに掛けて定位置に戻した。

「肌寒いから借りてただけよ」

「なんでも借りるのやめてください。ここは貧乏研究所で、白衣は貴重なんですからね」

自分が卒業したあとは、姫香が自分の席に座って自分がしていた仕事をするのだろうと考えて、あかねは微かな嫉妬を感じ、姫香がどいた椅子にビジネスバッグをドスンと載せた。

「ていうか、どしたの、そのカッコ？　ああ、入社説明会？」

今度はフロイトの席に移動して訊《き》く。ここに籍がない姫香の定位置はパイプ椅子しかないのだけれど、パイプ椅子にはパンツが干してあるから座れないのだ。あかねはシンクの奥まで行くと、実験用のリクライニングチェアを引きずり出してきた。

「あら、ありがと」

一番は、ヲタ森がパイプ椅子を独占しているのが悪い。そのヲタ森はこちらに背中を向けたまま、天井を仰いで固まっている。あかねは腰に手を当てて、いうのに。

「乾いたらしまってくれないと、いつまでアート作品みたいに飾っててんですか」

　ところがヲタ森は振り返らない。いつもなら機関銃みたいに言葉で反撃してくると
「……ヲタ森さんはどうしたんですか？」

　あかねが眉間に縦皺を寄せて訊ねると、姫香はリクライニングチェアで足を組み、スマホをスワイプしながら言った。

「知らない。ああなってから十二分三十二秒は経《た》ってるわね」

　神経質でわがままでオレ様なヲタ森に一体何があったのか。

　あかねは彼に近づくと、そっと顔を覗き込んでみた。心ここにあらずというふうに中空を見上げ、口を半開きにしていたヲタ森は、目の端にあかねの影を捉えるや、

「わ」と叫んで椅子を蹴り、椅子ごと下がってパンツを干しているパイプ椅子のひとつを倒した。椅子は勝手に畳まれて、パンツ一枚が床に落ちた。

「うわ、バカ！　なにすんだ」

「なにすんだ、じゃないですよ。こっちの方がビックリするじゃないですか」

「せっかく干したのに床に落ちたじゃないか」

　マンドリル柄のパンツを拾い上げ、埃を払ってヲタ森が言う。

「乾いたのに取り込まないからですよ。ていうか、それ、どうするんですか」

「また洗うんだよ、決まってるだろ」

「埃だけ払えばいいじゃないですか」

「あ？　なんなの？　ペコは俺が埃だらけのパンツを履いて病気になればいいと思ってるの」

ヲタ森はあかねをペコと呼ぶ。下ぶくれの顔と大きな目が不二家のペコちゃんそっくりだからと言うのである。

「埃がついたくらいで病気になんかなりませんよ」

「下着だぞ？　下着ってのは体に一番……」

「あー、わかりましたよ、もうっ、中身の話はいいですから」

あかねが真っ赤になって話を遮ると、

「んだよ、まったく」

と、ブツブツ言いながら、ヲタ森は落ちなかったパンツを回収し、マンドリル柄はシンクに運んで洗濯を始めた。

「ていうか、今日って七五三だっけ？」

と、背中で訊く。

「七五三は十一月の十五日」

そっぽを向いて姫香が答えた。

「じゃ、なんでペコはそんな格好しているの」

あかねはようやく皮肉を言われたことに気がついた。

「入社説明会に行って来たんですよっ。所沢《ところざわ》の超高級ホテルで豪華お食事をいただいて、五年で一千万円貯《た》める方法を……」

ヲタ森は振り向いて、

「なに？　もう一度言って」

と、耳に手を当てた。絶対に、こう言いたいのだ。

超高級ホテルで豪華お食事をいただいたなら、お土産があってしかるべきだと。でも新入りのペーペーにそんな図々《ずうずう》しい真似《まね》ができるわけない。

「だから入社説明会に」

洗うのをやめて、手を拭いて、彼はズカズカとあかねのほうへ寄ってきた。

腰に手を当てて言う。

「そのあとだよ」

「超高級ホテルで豪華お食事を」

「そのあと」

「五年で一千万円貯める……」

「大丈夫かよ？　その会社」

「どうしてですか」

と、あかねは訊いた。

「ちな、その入社説明会は若手社員もちゃんと来た？」

いつになく真面目な顔だ。

「いえ。だって新入社員の説明会だし」

「妙にリキの入ったビデオとか見せられなかった？」

「……見ましたけど」

「仕事の内容ちゃんとわかった？」

「水道設備の営業を」

「取引先は？　民間？　公共？」

あかねは宙を睨《にら》んで首を傾げた。

「あ、でも、知り合いや親戚とか登録しておくと、工事が割引対象に」

「怪しい！」

と、ヲタ森は鋭く言ってから、失言したかのように頭を掻《か》いた。万年ボサボサの髪の毛だけど、シャンプーは欠かさないので清潔感はある。

「いや……あのさ……」

斜め下を向いて考えて、慎重に言葉を選んでいる。

「会社は水道の蛇口の会社で、仕事は……蛇口を売ること？　だと思うんですけど」

「うん……そうだよな……」

もう少し考えてから、

「ま、いいや」

と、なんとなくあかねに同情的な表情で言葉を濁す。

モヤつくヲタ森とは正反対に、キッパリした口調で姫香が言った。

「入社式や説明会には自社ビルでなく高級ホテルを使う。精神論のビデオを見せる。業績と関係なく新入社員を多く採る。若手社員が説明会を手伝わず、役員のみが出席している。無駄に豪華な飲食をさせる。能力次第で高給優遇を謳《うた》う。それはブラック企業の常套《じょうとう》手段」

あかねはキョトンと首を傾げた。

「常套手段ってなんですか？」

「だましの手口ってこと」

「えーっ、私、だまされてるんですか？」

「プリンスメルも、そんな身も蓋もない言い方を……」

ヲタ森は姫香とあかねの間に立つと、あかねに目を向け、微笑んだ。

「ようやく内定が決まった会社だし、ペコをディスりたいわけじゃないんだけどさ。ただ、ちょっと調べてみた方がいいかもしれないなあと」

「優しく言っても結果は同じじょ。その会社は怪しい。どんくさい城崎さんがやっていけるとは思えない」

姫香に言われてあかねは不安になってきた。

「えー……ていうか……ちょっと納得できるんですけど」

「なんだよ、納得できるって」

「だって……卯田さんが言うように、私ってどんくさいじゃないですか。それに正直その会社、たくさん受けまくっていた中のひとつで、ほとんど記憶にないんですよね。自分でもよく受かったなって思うというか――」

「あのなあ」

ヲタ森はかわいそうなものを見るような目をした。

「――だから妙に納得できるというか、個人的にも五年で一千万円に引っかかったこともあり……でも、調べるって、どうやって調べるんですか？　内定したときパンフレットはもらったんですけど」

「ペカペカで、カラーの紙を使ったすごいヤツでしょ」

と、姫香が訊いた。

「はい。すごく立派なヤツでした。地域に貢献する、やりがい重視って感じの」

ほーらね。という顔で、姫香はスマホを眺めている。

ヲタ森は自分のデスクに戻ると、パソコン画面を見て訊いた。

「なんて会社だったっけ」

「株式会社スイセンです」

マウスとキーボードを動かしながら言う。

「あぁ……すんげー立派なホームページがあるわ……」

「ヲタ森さんっ、私、だまされてるんですか？」

「まだだよ。ていうか、まだ入社も出社もしてないじゃん」

「そうですけど」

「説明会で豪華タダ飯食っただけなら、ペコは実害こうむってないじゃん」

「そうか。たしかにそうですね」

あかねは一度納得してから、また考えて、「ええ」と、言った。

「でも、ブラック企業はいやですよ。入ると社畜になっちゃうんでしょ」

「なにそれ」

と、姫香は鼻で嗤《わら》った。

「だからそこは調べてみないと」

「どうやって調べるんですか」

ヲタ森はようやく振り返った。

「厳しいか、やりがいかは個人の主観によるからさ。そういう仕事で業績伸ばす人もいるわけで」

「でも、私は無理ですよ」

そりゃよくわかる。と、ヲタ森は言う。

「給料はいいけど残業代を含めた額を開示してるとか、そういうのはザラにあるからさ。一番はペコが納得して会社に入るのがいいと思うけど、早急にできることといえばネットで評判をサーチするとか……でも、ブラック企業はなかなか尻尾を出さないよ。会社の住所がわかっているなら現地を見るか……ていうか、ペコはどうしてそこを選んだわけ？」

「どうしてって……内定したから」

ヲタ森はこれ見よがしに、大きな、大きな溜息を吐いた。

あかねは地団駄を踏みたくなった。

「えー……なんですかそれ……凹《へこ》むんですけど」

「まあさ。気持ちはわかるよ？　気持ちはわかる」

そしてクルリと背中を向けてしまった。

あかねは拳を上下に振りながら、助けを求めるように姫香を見た。

「卯田さんが言ったブラックの条件、全部当てはまってる、どうしようううう」

「いちおう内定受かったんだから、働きながら次を探せば？　それか就職浪人したら？」

「ダメですよ。もうじき寮を出なきゃだから、カスミと一緒にアパート借りる契約したし。就職浪人になったら家賃も光熱費もワリカンできない」

「バイトすればいいじゃない」

「あ、そうか。でもなー」

せっかく就職が決まったというのにまたバイトに戻ったら、お母さんたちがガッカリするかも。

あかねはヲタ森を振り向いた。いつもなら会話にガンガン口を挟んでくるのに、今日のヲタ森は様子が違う。さっきは上を向いて固まっていたし、心ここにあらずの感じが強い。だからヲタ森の後ろに行って、

「ヲタ森さんも何かあったんですか」

と、訊いてみた。ヲタ森のデスクには何台ものパソコンが並んでいるが、そのひとつがメーラーを表示したままだ。ヲタ森のモニターが同じものを表示し続けていることはあまりない。

「ヲタ森さん。大丈夫ですか？」

目の前で手をヒラヒラさせると、ヲタ森はふいに、上気した顔をあかねに向けた。

その真剣な眼差しに、え？　や？　うそ。と、あかねは思った。

そりゃ、もうじきお別れしちゃうんだし、気持ちはハッキリさせておいた方がいいかもだけど、ていうか、そんな素振りなかったし。でもまあヲタ森さんは、自己中で引きこもりで協調性がなくて、口も悪くて梅干し好きで、ケチで意地汚いだけで悪い人じゃないし……考えていると、ヲタ森は言った。

「オレはいま、悩んでいる」

タンマ、卯田さんが聞いてますけど。そう思いながらも「はい」と、答えた。

「人生の岐路かもしれないんだよ」

「そんな大げさな」

「いやマジで。ここで選択を誤るのはマズいと思う」

「選択って……でも……ええと……実は私も」

「バーチャル植物プロジェクト」

と、ヲタ森が続けたので、

「はい。バーチャ……え？」

あかねは話が見えなくなった。ヲタ森が眉をひそめる。

「だから『バーチャル植物プロジェクト』。少し前から取り組んでたろ?」

「バーチャルしょくぶつぅ?」

「あのな。ペコは、なんで、オレが、熱心に、伊集院《いじゅういん》学長の植物学講座を取ってきたと思ってんの?」

それでようやく気がついた。ヲタ森は告白しようとしていたわけじゃなく、夏頃から熱心に取り組んでいた植物の三次元データ構築プログラムについて語っているのだ。

「ああ、はい」

深く頷《うなず》くと、ようやく話が見えたかと、ヲタ森は呆《あき》れ顔をした。

「さっきメールが来たんだよ。大手のソフト開発企業から、資金援助をしたいって」

「なるほど資金援助」

「もしくはプロジェクトリーダーとして働かないかって。是非一度、会ってご相談させていただきたいって」

姫香がリクライニングチェアから体を起こして、

「すっごいじゃん」

と、素直に言った。

あかねもヲタ森の身に起きつつあることを、やっと理解できてきた。いつだったか、ヲタ森が開発しているソフトについて学長は言った。それができたらすごいよと。

──何もない世界に自然の木を生やすんだよ？　そんなソフトが開発されたら、ゲーム、建築、デザイン……世界中のクリエイターが欲しがるだろう──

そうなのだ。自己中で引きこもりで協調性がなくて口が悪くて、梅干し好きでケチで意地汚いヲタ森さんが、世界中のクリエイターから絶賛されると予言したのだ。

雨の日も、風の日も、嵐が来ても雪が降っても、大学の外れのヤブヤブ森で一心にパソコンに向かっていたヲタ森の姿を思い出し、あかねは拳に握った右手を左手で包んで自分の胸に押しつけた。

「すすす……すごい……それってすごいことですよ。ヲタ森さん、やりましたね！　ヲタ森さんがついに」

立ち上がった姫香と手に手を取って喜ぼうとしたとき、

「や。まだなにもやってないから」

と、ヲタ森はクールに言った。

「なんで？　企業からオファーもらったんでしょ？　返事して援助金ふんだくればいいじゃない」

姫香は露骨に眉をひそめた。

「あのな。オレがなんで植物のバーチャルデータ作ってると思うの？」

「知らないわよ、そんなの」

と、姫香は答えた。

「作りたいからですよね。前にそう言ってましたもん」

「そう」

ヲタ森はあかねを指した。

「簡単に作れると思ったら、そうじゃないから頑張ってんの。別にそれがやりたくて情報工学取ってきたわけじゃないの。オレがやろうとしてもできないことを、オレより先に誰かがやったら悔しいでしょ？　だから必死にやってるだけなの」

「面倒くさいなあ、だからなに？　いいじゃない。向こうがお金くれるって言ってんでしょ？　そしたらもらってソフトを作れば」

「だー、かー、らー」

と、ヲタ森は頭を掻いた。

「そんなことしたら、オレは植物ソフトをずっと作ることになるでしょうが」

「どうしてですか？」

と、あかねも訊いた。

「もしもだよ？　……あのさ、向こうはさ、オレがデモ的に作ったケヤキのバーチャル画像を見てオファーしてきたんだけどさ、これをソフトとして活用するには、用途にもよるけど、たとえば街路樹の選定にソフトを使うとして、ケヤキだけじゃなくポプラとかさ、ユリノキとか、ヤマボウシとか、色々な植物のデータを揃《そろ》えていかなきゃならないわけだ」

「それはたしかにそうですね」

と、あかねは頷く。

「だろ？　そうすると膨大なデータを読み込んで、際限なく種類を増やしていくわけ。オレのソフトは日光や気温や肥料や水や、設定の違いで生育の差を生むわけだから、葉っぱと枝と幹と根っ子だけ入力すればいいわけじゃないじゃん。データ収集を莫大《ばくだい》にやらなきゃならない上にユーザーからも色々要求されるよね？　あの木が欲しいとか、この草はないのかとか、そうするとさ」

ヲタ森の言いたいことが、なんとなくわかってきた。

「ヲタ森さんが全部一人でやらなくても、夢科学研究所がサイトでやってるみたいに、情報というか、協力してくれる植物学者さんを募ったらどうですか？　ネットを使えば世界中の研究者と繋《つな》がれると思うんですけど」

するとヲタ森はしばらく考え、

「……ペコにしてはいいこと言った……でもなぁ……植物三次元は、オレのやりたいことのひとつに過ぎないんだよな」

「じゃ、基本ソフトを売ったらどうなの？」

と、姫香も言う。

「手放して勝手に開発させればいいじゃない。一時金だけもらってさ」

「それはヤだ。まだ人に渡せるほど完成してないし、買ったヤツがオレと同じくらい愛情を注いでくれるかわからないから」

「じゃ、やっぱり資金援助ね」

「プリンスメルはわかってないよ。十円でも百円でも、金をもらってことは責任が発生するってことだ。援助を受ければ縛られる。オレは自由がいいんだよ」

「うわ、矛盾してるー」と、姫香は笑った。

「仕事なんて縛られてなんぼじゃん。ヲタ森氏だってずっと院生でいられるわけないし、いつかはここを出ていかなくちゃ。なのにチャンスが来たら逃げるわけ？」

「大学入る前のヤツに言われてもなあ」

「あの」と、あかねは手を挙げた。

「難しいことはわからないけど、ヲタ森さんの気持ちはわかる気がします。ヲタ森さんはフロイト教授の手伝いをする時間が捻出できなくなるのが怖いんですよね？」

「へー、そうなの？　手伝いってなに」

ヲタ森は姫香の顔を見て、耳の後ろを掻きながら言った。

「夢の再現データだよ」

「まあ、あれは確かにすごいと思う。けど、まあ、もういいや。最後はヲタ森氏が決めることだし」

姫香はヲタ森の話に興味を失ったらしく、ふいにあかねを振り返った。

「ねえ。暇だからあんたの卒論読んでみたけど、誤字脱字見つけたからチェックしといたよ」

「ひええ、ホントですか？　卯田さん神！」

「ペコを甘やかすとロクなことないけどな」

ヲタ森は溜息交じりに首をすくめて、

「フロイトが帰ってきたぞ」

と言った。カーテンもブラインドもない窓の向こうに、ロイドメガネをかけた男が見える。白衣じゃないから幽霊ではなくてフロイトだ。

幽霊森の幽霊はフロイトそっくりの風貌ながら、トレードマークのように白衣を着ている。ヲタ森はあかねと姫香に視線を戻し、

「てか、オファーの話はしばらく秘密な？」

と、真剣な声で言った。

「どうしてですか？」

あかねが訊くと、

「どうしても」

と、だけ答える。

おそらくだけど、フロイトがそれを知ったら、ヲタ森の将来を最優先したアドバイスをするからだ。でもヲタ森がここにいる理由は、フロイトが追い求めている『人を殺す悪夢』の謎を解くためなのだ。

私がここにくる前は、と、あかねは思う。ヲタ森さんと教授は二人だけで夢の研究を進めていた。二人の間に割り込めなくてもどかしい思いをした日々も、今では遠い昔のことみたいだ。ヲタ森さんが新しい活躍の場を手に入れて、私も卒業して研究所からいなくなったら、フロイト教授は誰と悪夢を追いかけるんだろう。

姫香を盗み見て、羨ましいなと思う。

卯田さんはまだ四年もここに通えるんだな。私の時間はほとんどないのに。

研究室へ来る者は必ずドアをノックする。それがフロイトだとわかっていても、『トントン』というノックの音に、あかねたちは声を揃えて「どうぞ」と答える。

ドアが開き、素早くフロイトが入ってきて、ドアが閉まった。フロイトはストーブの前に立っているあかねと姫香に目をやると、

「あれ？　あかねくん、その服装」

と、ニッコリ笑った。

「入社説明会の帰りなんです」

フロイトは、なるほどね、という顔をした。神経心理学、社会心理学、文化情報論の教授でもある彼は、マッシュヘアに鼈甲《べっこう》細工のロイドメガネをかけていて、三十過ぎと思えないほど若々しい。やや吊《つ》り上がった目に凜々《りり》しい眉をしているが、長めの前髪が眉毛を隠しているためか、ともすればここの学生みたいだ。フロイトはハンガーに掛けてあった白衣をセーターの上に羽織って言った。

「それで外にレジ袋があったのか。ぼくはまた、ヲタ森がへんな実験を始めたのかと」

「冬だし、喰《く》える植物もないのに、レジ袋なんか使いませんよ」

ヲタ森がムッとして言った。

「泥道で靴が汚れるから履いてきたんです。帰りも履いて帰るので、重しを載せて玄関に」

あかねが言うと姫香が笑った。

「え、なに、パンプスの上にレジ袋を履いてきたってこと？　すごいアイデア」

「パンプスが安物で、水が入ったら靴底が剝げちゃうかもしれないし」

「初任給で買うのは靴ね」

「でも、お給料をもらったら、お祖父《じい》ちゃんとお祖母《ばあ》ちゃんとお父さんとお母さんになにか奢《おご》ってあげたいんですよね」

「うわ、優等生っぽい。それを言ったのが城崎さんでなきゃ、黒い感情がムラムラ湧き出すところだわ」

「その前に卒論だね」

と、フロイトは言った。

「あかねくんの卒論はかなり注目度が高いと思うよ。頭から夢を引っ張り出すなんて、まだ誰も本気で取り組んでいないだろうし」

「本当ですか？」

あかねは自分を褒めてやりたくなった。

「ただし提出期限を守れないと評価はナシだよ」

「頑張りまーす」

軽い感じの返事になったが、これに関しては人生で初めて本気で取り組んでいる。もちろん、ここで研究に参加させてもらったからこその発想だし、ヲタ森たちの協力なくして論文にまとめる力はなかった。けれど、でも、幽霊森で過ごした数ヶ月の全てを込めて、残していきたい論文であるのは間違いがない。窮屈なスーツ姿で、あかねは自分の定位置に座った。

フロイトも自分のデスクで作業を始めると、姫香があかねのマウスを操作して赤字チェックを呼び出してくれた。何度も読み直したつもりなのに、『昇華』が『消化』になっていたり、『再現』が『際限』になっている。あかねは目をパチクリさせて、姫香に心から感謝の意を表した。

「城崎さんが卒業しても、あたしがここを手伝うから安心して」

それに喜べない自分がいて、このモヤモヤはなんだろうとあかねは思う。

姫香のほうが自分の何倍も優秀だし、彼女が研究所の一員になれば、実験も、データのまとめも効率よく進むことだろう。けれど、でも、やっぱり寂しい。

頷いて論文のチェックをしていると、トントン。と、またもノックの音がした。

夢科学研究所にお客が来ることはほとんどない。敷地外れの幽霊森は幽霊の噂では有名だけど、そこに研究所があることは学生でさえあまり知らない。たまさか学内の『おばちゃん食堂』のタエちゃんが野草を摘みに来るけれど、今は冬なので草も生えていない。四人は一瞬視線を交わし、誰も「どうぞ」と言わないうちにドアが開いた。

びゅうっと北風が吹き込んでくる。

「ああ寒い。土の上なんて歩くの初めて。ブーツが泥だらけになっちゃった。先生、この研究所の扱いって酷《ひど》くない？　大学に言って舗装してもらうべき。じゃなきゃ私、こんなとこまで通うのいやよ」

開け放したドアの前に立ったまま、框《かまち》にブーツの泥をこすりつけているのは、フィットアンドフレアのコートに身を包み、ふわふわのバスクベレーを被った女性であった。長い巻き毛を風になびかせ、片手でドアをしっかり押さえ、片手に高級洋菓子の箱を抱えている。ヲタ森が腰を上げて鋭く言った。

「用があるなら早いとこ入ってドア閉めろ。暖かい空気が逃げるだろ」

彼女は力任せにドアを閉め、

「あんた、女にもてないでしょ」

と、冷ややかに吐き捨てた。

「はあっ？」

戦闘態勢になったヲタ森は、椅子ごと回してこちらを向いた。

寒風が空気をかき回して香水が香り、夢科学研究所は一気に華やいだ匂いになった。

隙のないメイクの女性はフロイトだけに目を向けて、

「ヤッホー」と微笑んだ。

「あ」

あかねも思わず腰を浮かせて、

「ミドリさん！　『塚田善左衛門《つかだぜんざえもん》商店』の」

と、叫ぶ。翠はギロリとあかねを睨んだ。

「その言い方やめてよね。『ダル・ソンノ』にして」

隣で論文のチェックをしていた姫香は、突然の訪問者に鼻を鳴らして呪いの言葉を呟いた。

「なにこの女ムカツク」

姫香はいつも実用性重視で服を選ぶので、敵地へ忍び込む工作員みたいな服装になりがちだ。

「卯田さん。紹介しておきますね。ミドリさんは夢科学研究所のスポンサー会社のお嬢さんです。母体は塚田善左衛門商店という問屋さんで、安眠枕の開発にうちが協力してるんです」

「ダル・ソンノはイタリア製の高級寝具を扱う会社よ」

得意満面に翠が言うと、

「中国生産のイタリア製な」

ボソリとヲタ森が囁いた。

「今どき中国やベトナムで生産するの、普通なんだから」

ヲタ森に吐き捨ててから、翠は高級洋菓子の箱をブラブラさせてフロイトのデスクに近づいた。

「今日は先生にご挨拶に来たんです。私、来期からこの大学に編入するの。もちろん先生の講座を取るし、ダル・ソンノとして夢の研究にも協力するわ」そして、

「嬉《うれ》しい？」

と、フロイトに訊いた。

この女バカなの、と姫香は呟き、あかねとヲタ森は顔を見合わせた。夢科学研究所がダル・ソンノの睡眠実験に協力するようになってから、翠がフロイトに熱を上げているのは知っていたけど、まさか編入してくるなんて。

「それでね……先生に差し入れ買ってきた。正直、ここの大学って、おばあちゃん家《ち》で食べるようなメニューしかないじゃない？　頭を使うと甘い物が欲しくなるでしょ？　だから」

そう言われて包み紙を見て、フロイトの代わりに歓喜したのはあかねだった。

「ええ、ミドリさん。それってシーキューブの『サクッチ・ホロッチ』ですかっ。すごいすごい、一度食べてみたいと思ってたんです」

水玉模様のパッケージに小躍りする。

「でしょ？　こういうお洒落《しゃれ》なお菓子はね」

「悪いね。じゃ、遠慮なく」

電光石火の早業で、ヲタ森が翠の菓子を取り上げると、

「あっ、それは教授がもらったんですからねっ――」

あかねがすかさず文句を言って、自分のデスクへ向かうヲタ森を追いかけた。

「——ちゃんと数を確認しますよ。あたま数だって増えてるんだし、ちょっと、返してくださいよ」

「オレが均等に分ければいいだろ」

「そう言っていつも誤魔化すじゃないですか」

あかねは翠に顔を向け、「ごちそうさまです」と、ニッコリ笑った。

一瞬呆気《あっけ》にとられてしまった翠もさすがに顔を赤くして、

「ちょっと、なんでヲタクが受け取ってんのよ。私は先生に買ってきたのよ。あんたにあげるなんて言ってないでしょ」

「フロイトはここの所長だぞ？　所長のものは研究所のものだ」

「だとしても、なんであんたが先に取るのよ」

「そうですよ。ヲタ森さんはお行儀悪いです」

三人がギャーギャー騒いでいると、

「ああうるさい！」

ついに姫香が爆発した。姫香は翠に詰め寄って、

「さっきからあんたねえ。どこのナニサマだか知らないけれど、入ってくるなり舗装しろとかブーツが泥だらけとか、おばちゃん食堂のごはんがマズいとか」

「いや、マズいとまでは言ってないから」ヲタ森が言う。

「あらいやだ。見ない顔だけどあんたこそナニサマ？　それに本当のこと言って何が悪いの？　こんなジャングルの、しかもプレハブ小屋って、仮にも私立大学の、うちがスポンサーをしている研究所がね」

「大学だって事情があるのよ。だいたいあんたがそんなカッコで来るから悪いんでしょ？　ブーツを汚したくないなら城崎さんみたいにレジ袋履いてくればよかったのよ。あんたのロングブーツには学長のバラ園の肥料の袋がちょうどいいわ」

「何ですってぇ！」

翠も姫香に詰め寄った。上から下まで真っ黒な姫香の服をつらつら眺めて、

「そりゃ黒子《くろこ》みたいな服を着てたら泥だらけでも気にならないかもしれないけど。私はここのスポンサーの娘よ？　社長の娘があんたみたいに全身汎用品でいられるわけないでしょ」

「スポンサーなのよって偉そうに、社長の娘が笑わせる。お金出してんのはあんたじゃなくて、あんたのお父さんの会社でしょ？　ナントカザエモンだか知らないけどさ、そもそも『出入りは迅速俊敏に』ってドアの貼り紙読めないの？　デカ胸強調したエロコート着てさ、見るからに頭悪そうなのよ」

「はあっ？　フィットアンドフレアのどこが悪いのよ。ああ、そうか。えぐれ胸だから妬《や》いているのね？　コンプレックスだらけの女って黒い服を選びがちよね」

二人はますますヒートアップして、互いの間合いが詰まっていく。その凄《すさ》まじい剣幕に、夢科学研究所の三人は割り込む言葉も失った。

「胸なんて脂肪の塊じゃない、それをいじましく底上げなんかして」

「えぐれ胸じゃ底上げできないもんね」

「なんなのフェロモンまき散らし女」

「やる気なの絶壁胸女」

「まあまあ、卯田さんもミドリさんも」

あかねが仲裁に入った後ろで、ヲタ森は菓子の箱を開けてつまみ食いを始めている。

「あっコラ、ヲタクっ、誰が勝手に食べていいって言ったのよ。それは風路教授のために」

「そうですよ、それならいっそ」あかねはポンと手を叩《たた》き、

「みんなでお茶にしませんか？」

と訊いた。

「そうよ。お茶くらい淹《い》れなさいよ」

翠はそう言うけれど、実際あかねは失言したのだ。

「でもミドリさん。ここは……お茶が……」

あかねは申し訳なさそうな顔をした。

怒りが収まらない翠は血走った目をシンクに向けて、

「ちゃんとキッチンあるじゃない。お茶淹れるくらいがなんなのよ」

「あるにはあるんですけれど」

「やべ、そうだ。忘れてた——」

味違いの菓子を一通り食べ終えてから、ヲタ森はシンクへ走って行くと、

「——洗濯の途中だった」

マンドリル柄のトランクスをギュッとしぼって、翠に向けてパンパン広げた。

「パ……あれ、パ……」

翠は大きく口を開け、周囲に状況の解説を求めた。あかねはそっと頷くしかない。

「そうなんです。だからお茶は淹れられないんです。夢科学研究所へ来る時は、飲み物持参でお願いします」

翠はフロイトを振り返り、口をパクパクさせてヲタ森を指さした。

「シンクでパンツ」

「夏場は体も洗っていたけど」

フロイトが苦笑まじりに白状したとき、研究所の電話がけたたましい音で鳴り響き、あかねと姫香とヲタ森は一斉に口を閉じて沈黙した。

フロイトが受話器を取ると、怒り心頭に発した翠だけが肩を怒らせて、

「ふうーっ」と大きな呼吸音をさせた。

「はい夢科学研究所……わかりました。つないでください」

ヲタ森は翠の前までパイプ椅子を運んでひらき、彼女が腰を下ろす前に、そこにパンツを広げて干した。あかねはクッキーの数を数えて翠を含めた五等分に分け、ヲタ森がゴミ箱に捨てた包み紙も数えて、ヲタ森の分から三個を引いた。

フロイトの会話は続いている。

「所長の風路です。はい……はい……えっ？」

その「えっ？」に含まれた緊迫感がものすごかったので、一同は息を潜めた。ぎゃあぎゃあ騒いでいる場合ではないと、一発でわかる声だったのだ。

「それはどういう……はい……ええ……はい……」

話しながら、フロイトは俯《うつむ》き加減になっていく。前髪が額に落ちて影になり、横顔は真剣そのもので、眼光も鋭さを増している。彼のロイドメガネはフレームが鼈甲でできていて、ほとんど度のない伊達《だて》メガネだが、古臭いデザインがよく似合う。それは夢の研究をしていた祖父の形見で、幽霊森に出現する幽霊のメガネとお揃いだ。しばらく話して会話を終えたフロイトは、切った受話器に手を置いたまま、何事か考えているように動かない。姫香も翠も毒気を抜かれて研究所の中は静かになった。

「どうしました？」

ヲタ森が訊いたとき、フロイトはようやくこちらを向いた。

幽霊でも見たような顔をしている。

「調査依頼だ。介護福祉施設で原因不明の感染が起き、心臓麻痺で複数人が死んだらしい。その全員が悪夢による不眠を訴えていたと言うんだ」

「……え」

ヲタ森は怪訝《けげん》そうに眉をひそめた。

「始まりは一人の入居者だ。体調が思わしくなかったが、感染性の病気に罹患《りかん》してはいなかった。ただ、不眠を訴えていたという。高齢者ばかりの施設で看取りケアもしているから、その人が亡くなったときはあまり気に止めていなかったけど、そのあと同様の事案が続き、ついには健康体だった二十代の男性介護士が亡くなったというんだ。何が起きているのか調べて欲しいと」

「それ……ってもしや……例の夢だと思うんですか？」

ヲタ森の問いかけにフロイトは眉をひそめた。

「わからない。だけど可能性はあるかもしれない」

その声には恐怖そのものの響きがあって、聞いているだけでゾッとした。

ヲタ森が拳をギュッと握るのが見え、姫香も翠も無言になって、ＯＡ機器のノイズが聞こえた。複数の人が夢のせいで死んだというなら、それはフロイトが探し求めてきた『殺人夢』かもしれない。その夢はフロイトの両親を殺し、フロイトは悪夢を憎んで学者になった。今までも夢化学研究所には様々な悪夢が持ち込まれてきたけれど、どれも原因があって発生した夢だった。

フロイトは今も探している。

両親を殺した悪夢と、その正体、そして人を殺すメカニズムを。

初めてここへ来たときに、あかねはフロイトが言うのを聞いた。

——たかが夢、されど夢。心拍数を異常に上げて人を殺す夢まであるんだ——

ヒュウヒュウと、北風が枝を揺らして窓が鳴る。

早くも夕方の色になった幽霊森には、またも粉雪が舞い始めていた。

2　人を殺す悪夢

　翌日の午後に、フロイトは『ケアハウス茶《ちゃ》の香《か》』の職員とリモートで繋いで状況を訊くことにした。詳しい話を訊かないと何を準備して調査に行けばいいかわからないからだ。

　大学は春休みに入ったが、卒業論文を仕上げている最中のあかねは毎日のように幽霊森に入り浸り、研究所のパソコンを用いて論文を書いている。ヲタ森は自分の研究に埋没しているし、フロイトは大学の仕事をしている。それぞれにやることがあるので室内は静かだ。

　昨日の夕方降り始めた雪は、今朝になると一センチくらいも積もっていて、窓から見える幽霊森は雪化粧をしている。プレハブの屋根に垂れ下がる氷柱《つらら》に梢《こずえ》を抜けた日光が当たって、ときおり光の星が現れる。枝ばかりの森は小鳥の姿がよく見えて、名も知らぬ鳥たちが赤や黄色の羽を持っていたことを知る。ヲタ森がマウスをクリックする音、フロイトがキーを叩く音、ストーブに載せたヤカンでヲタ森が卵を茹《ゆ》でている音、小鳥の声を聞きながら、あかねは懸命に作業を進める。

ビデオ通話の時間が近づいたころ、トントンとドアをノックする音がして、今日も姫香がやって来た。昨日は『あんな女が入ってくるなら夢の研究なんかしない』と息巻いていたくせに、当然の顔で入ってくると、パイプ椅子を引っ張り出してあかねの隣に陣取った。ヲタ森がお昼に茹で卵を食べたので、ストーブの上にはもうヤカンがない。湯気が立ちすぎると機器に悪影響があるからと、ヲタ森は自分の用さえ済めばヤカンを外してしまうのだ。

「どう、進んでる？」

と、あかねのパソコンを覗き込んで姫香が訊いた。

「はい。あともうちょっとの感じです」

「ふーん」

と、姫香は言いながらリュックをまさぐり、翠にもらったお菓子を出して食べ始めた。翠とケンカをしていたくせに、お菓子はしっかりゲットするところが姫香らしくて笑える。いつものようにヲタ森は振り向きもせず、フロイトも、とやかくあれこれ言ったりしない。

ピピピー、ピピピー。

タイマーの音がして、フロイトがデスクから顔を上げた。

「時間ですね」

と、ヲタ森が言う。ビデオ通話の時間が来たのだ。

フロイトはパソコンを操作して、施設の担当者にビデオ通話会場への招待状を送った。カメラには映り込まないけれどモニターに映った相手の様子はなんとなくわかる絶妙な位置に、あかねとヲタ森と姫香は椅子を引いて移動する。待つことしばし。

フロイトのモニターに『ケアハウス茶の香』の担当者の姿が浮かんだ。六十がらみの男性で、ひょうたんのような輪郭をして、白髪頭で四角いメガネをかけている。

「どうも。はじめまして」

と、男性は頭を下げた。施設の責任者ということだった。

「私立未来世紀大学夢科学研究所の風路です。昨日はご連絡をいただきありがとうございました」

フロイトが挨拶すると、相手は、

「施設長の板垣《いたがき》です」

と応えた。事務所からオンラインに繋いでいるらしく、背後に書棚が見えている。

フロイトの背後には何が映っているのだろうとあかねは後ろを振り向いて、安っぽいプレハブの壁と窓を見た。そして外壁パネルのポールにからみついたまま、だらしなく窓に下がっている蔦《つた》を取り払っておけばよかったなと思った。チープな研究所は好きだけど、フロイトにはいい格好をさせてあげたい気持ちがするのだ。

「早速ですが、詳しい話を聞かせていただけないでしょうか」

フロイトが訊くと、相手は椅子に座り直して両手でメガネを持ち上げた。

「あのう……先生のところでは、ほんとうにこんなケースの相談にのっていただけるのでしょうか」

「こんなケースと仰《おっしゃ》いますと？」

「悪い夢が伝染するとか、呪いをうつすとかそういう……」

とても言い難そうに視線を逸《そ》らした。フロイトはニッコリ笑って、

「はい。ここではそういう研究もしています。悪夢が人体に及ぼす影響や、他人にうつる可能性を調べています。あまり知られていませんが、夢を研究している学者は世界中にいるんですよ」

「そうなんですか？　本当に夢はうつるんですね」

「先《ま》ずは状況を教えてください」

フロイトがもう一度訊くと、板垣は手元に書類を引き寄せた。メガネを持ち上げ、裸眼で見て言う。

「一月の十五日過ぎでした。提携病院から連絡がありまして、看取りケアの患者さん一名を当施設で受け入れました。八十七歳の男性で、末期の甲状腺ガンを患っており、認知機能にも衰えがあって緩和ケアをお望みでしたが、容態は芳しくなく……夜中になると唸《うな》るのです」

フロイトはただ頷いた。風が窓を揺らす音が静かに響く。

「申し送り事項にもありましたが、苦しくて唸るわけでなく、夢を見てうなされるようでした。入居者さんの中には、イビキや寝言や、徘徊などを繰り返す方もいらっしゃいますけど、夢を見てうなされる場合に、それが毎晩続くというようなことはあまりないです。でも、この男性はそうでした」

「毎晩うなされたんですね？　それは、たとえば同じ時間に？」

「同じ時間というか、ずっとです。目を覚まして、寝るとまたうなされての連続で……それでですね、隣の部屋の男性が、こちらは六十代の入居者さんで比較的元気で気難しい方だったのですが、スタッフに苦情を言ってきまして、うなされる声が気持ち悪くてたまらないというわけです。実際にスタッフもその声を聞くと恐ろしくなると言っていまして、ですから気持ちはわかるのですが、生憎《あいにく》とその時は部屋が塞がっていたために移動させることができなかったわけです。そうしましたら」

板垣は一度言葉を切ると、書類から目を離してフロイトを見た。フロイトは彼をい

たわるように、

「様々な方が入居しているのでご苦労もおありでしょう。お察しします」

と、言った。板垣は頷いて先を続けた。

「それで例の苦情を言っておられた方ですが、この人が八十七歳の男性に直接苦情を言いに行くようなことが続いてしまい……もちろん私どもの管理が、ですね」

「施設の管理面にあれこれ言うつもりはありません。事情を伺いたいだけなので」

「ああ、はい。そうですね」

ヲタ森はあかねに頭を近づけ、「施設長とか大変だな」と囁いた。

「こっちは話を訊きたいだけなのに、責任の所在が気になるんだろ。そんなのオッサンのせいじゃないのに」

「でも、知ってる人が次々に死んだら誰だって気になりますよ」

あかねが言うと、「そう?」と、姫香がドライに訊いた。

ヲタ森はあかね越しに姫香を覗き、

「そういうとこだぞ、プリンスメル」

と、偉ぶって叱り、フロイトに（うるさいよ）とジェスチャーされた。あかねはヲタ森を肘でつついて黙らせた。

「具体的にどんな現象が起きて、どんなふうに広がっていったのでしょう」

フロイトはうるさい三人がモニターに映り込まないように椅子の位置を少し変えながら訊いた。

「はい……真夜中に呼び出し音が鳴ったのです。八十七歳の男性の部屋からでした。でも、夜間勤務の職員は何かと手一杯なのでして、そのときも、すぐに部屋へ行くことができなかったんです。と言って何分も放っておいたわけではないですよ？　部屋へ行きますと、隣の人が八十七歳の男性に直接苦情を言いに行っていまして、つまり、その、男性のベッドに馬乗りになって起こそうとしていたわけなのですが、職員が驚いて止めに入ったとき、寝ていた男性がムクリと起き上がって、六十代の方ともどもベッドから転がり落ちたと言いますか」

板垣はそこで息を吸い、「その時なんです」と、モニター越しにフロイトを見た。

「おまえも同じようになる。そう言って亡くなったわけなのです」

なんだか妙な雲行きになってきた。ヲタ森と姫香に挟まれて、座ったままあかねは背筋を伸ばした。今となってはすっかり板垣の話に引き込まれていた。

「亡くなったというのは、その場で、ですか？」

フロイトが訊く。

「そうです。相手の上に覆い被さったまま、心臓が止まって亡くなりました。苦情を言った男性もさすがに決まりが悪かったようで、すぐ自室へ戻ったのですが……今度は彼がうなされるようになったのです」

「うなされることに関してですが、本人は何か言っていませんでしたか？」

板垣は首を傾げた。

「では、八十七歳の男性はどうでしょう？　ご家族や病院のほうから話を聞いていませんか？」

「聞いていません。病状等の申し送りはありますが、夢の話まではしませんので」

フロイトは頷いた。

「その六十代の男性ですが、うなされるようになってみるみるうちに容態が悪化していったんですよ。それで、亡くなる三日ほど前になりますと、同じ棟の別の入居者さんがうなされるようになりました。六十代の男性が亡くなると、次は別の入居者さんが、というように、同じ棟で三人ほど心臓麻痺で亡くなりまして、次にはそのまた隣の棟で、うなされる人が出たわけです」

板垣は言葉を切って、手元にある資料をめくった。

「最後は一昨日になりますが、介護士をしていた石坂《いしざか》くんという青年が、まだ二十六歳だったんですが、就寝中に亡くなったとご家族から連絡が入りまして……さすがにこれは放っておけないと、夢の研究をしている先生のところへ連絡を取らせていただいたわけなのです」

「その方の死因も心臓麻痺なんですか？」

「心筋梗塞というのが正式な見解だったようですが、健康な青年だったのですよ」

「その方もうなされていたわけですか？」

「はあ……実は……」

　と、板垣はまたメガネを直した。

「不眠症で困っているという話をスタッフにしていたようで、本人は、入居者さんに呪いをかけられたと」

「呪いですか？」

「それが、おかしな話なんですが……石坂くんが担当していた棟のお爺《じい》さんがラウンジで服部さんと揉《も》めまして……まあ、服部さんというのは詮索好きのお婆さんで、この人が体調の優れないお爺さんに、入居棟で流行っている『うなされる現象』がうつったんじゃないのと言ったらしいんです。するとお爺さんが服部さんにしがみつき、『おまえにもうつしてやろう』と言って、こちらの人もそのまま倒れて亡くなったわけなのです。この人が四人目でした」

　フロイトの頭が微かに動いた。あかねも、ヲタ森も姫香も息を呑《の》む。そんなシチュエーションでお爺さんが死ねば、誰だって悪夢にうなされそうだ。板垣は言う。

「直後に服部さんはパニックになって、『うつされた』と騒ぎましてね」

「うつされた……お爺さんがうつしてやると言ったからですね？」

「そうだと思います。車椅子に座っていたのが、突然、服部さんの胸ぐらを摑んで言ったらしいですから、ショックだったのだろうと思います。石坂くんがお爺さんの車椅子から離れたほんのわずかなあいだに共有部分で起きた出来事で、周りで見ていた人もショックを受けました。その晩から服部さんがうなされるようになりまして」

「服部さんはどうされていますか」

「五人目ですね。十日ほど経って亡くなりました。やはり心臓麻痺でした」

と、板垣は言った。

「事件のあと、服部さんは石坂くんを探しては、自分が感染したのはおまえのせいだ。おまえが新田さん……亡くなったお爺さんのことですが、おまえが新田さんと自分を二人だけにしたからだ。だからおまえにもうつしてやると、しつこく言うようになったんですよ。石坂くんの名誉のために言っておきますが、彼は服部さんと新田さんを故意に二人にしたわけじゃありません。医師を呼びに行く間、共有スペースに新田さんを残し、すぐそばに服部さんがいたというだけのことなのです」

「うつしてやる……服部さんはどうやって介護士の方にうつしたんでしょうか？」

さあ？　と、板垣は首を傾げた。

「ただ顔を近づけた程度のことだと思いますが……服部さんがしつこく待ち伏せして

文句を言うとか」

「言われて介護士の青年はどうしましたか？」

「その場ですぐどうこうというようなことはありません。ただ、その夜からひどい不眠症になったようで、一週間もすると目の下にクマができていましたね」

「本人はそれを気にしていた？」

「してました」

「医者に行ったりは」

「施設に医師がいますので診てもらったようですが、特に異常はなかったんです」

「眠剤の処方は？」

板垣は身を乗り出した。

「そういえば先生。亡くなった新田さんも、服部さんも、眠剤を処方されても飲んでいなかったんですよ。どちらの部屋からも薬は手つかずのまま見つかっていました。石坂くんはどうだったのかなあ」

フロイトは大きく頷いた。

「それで？　現在も同じ症状の方がおられるのでしょうか」

「石坂くんから生活相談員の女性に……感染といいますか、うつったようで、彼女が不眠を訴えています」

「ほかに入居者さんやスタッフでは?」

「入居者さんでも何人かいます。ただ、お話が出来ない方も多くて、同じ状況かわからないのです」

「なるほど」

と、フロイトは椅子の背もたれに体を預けて脚を組んだ。右手は顎《あご》に、左手でその肘を持つ。しばらく考えてから、

「現地調査に伺いたいのですが、ぼくらがお邪魔することは可能でしょうか」

と、訊いた。

「はい。それはもう……今は夜勤のスタッフが怖がって、従来一人でこなしていた仕事も二人のシフトにしています。こういうことを言うのもなんですが、運営はなかなか厳しいもので」

「お察しします」

フロイトは、「早速ですが、明日はどうですか」と、板垣に訊いた。

板垣は別の書類を引き寄せて、少し考えてから、

「お願いします。こちらとしては早いに越したことはないので」

それから不安そうな表情を見せ、「何が起こっているのでしょう」と、訊く。

「本当に感染症なんでしょうか……それともまさか、呪いとか」

フロイトは直接返答するのを避け、

「とにかく調べさせていただきたいですね」とだけ言った。

「明日、準備をしてから伺います」

リモート通話が終了すると、真っ先に席を立ったのがヲタ森だった。フロイトの斜め前に立ち、「どんな感じですか」と、訊く。

フロイトは考えていた。

雲間に太陽が出たようで、枝に積もった雪が溶け、ときおりパサンと音がする。軒の氷柱はもうなくて、屋根に水滴の落ちる音が、パン、タタタン、と響いている。あかねも姫香も言葉を発せず、ただフロイトの返事を待った。

しばらくしてからフロイトは、

「うん……怪しい」

と一言いうと、おもむろに顔を上げて立ち上がった。ヲタ森を見て、あかねと姫香を振り返る。姫香は今のところ部外者なのだが、進学を勧めたのがフロイトだったこともあり、三人にまんべんなく目を向けながら、ひとつ小さな溜息を吐いた。

「ぼくが夢の研究を始めたのは――」

ヲタ森と並んで立つフロイトは、そう言ってから俯いて、鼈甲細工のロイドメガネのフレームに触れた。

そのメガネは今のメガネと違って重量がある。あかねはこんな想像をしてしまう。お祖父さんの形見のメガネは、レンズを通して見る世界と裸眼で見る世界が違っていて、だからフロイト教授はロイドメガネをかけているんじゃないのかな。メガネをかけているときはヲタ森さんが作るVR映像みたいに、見えない世界が見えているとか。

「——人を殺す悪夢の正体を知ることが目的だった。ぼくの家は高祖父の代から町医者で、祖父は学者になったけど、両親の代にはまた開業医をしてたんだ。小さい町だから色んな患者さんが来る。当時ぼくは子供だったから、詳しい経緯は知らないんだけど、ある日突然一人部屋を与えられて両親から離されてね。一人部屋というか客間で寝るようになったんだけど、この前実家に戻ったときに、祖父の日記帳を見て理由を知った。それは両親が感染した悪夢をぼくにうつさないためだったんだ」

誰も、何も応えなかった。ヲタ森は立ったまま、あかねと姫香は腰掛けたまま、黙ってフロイトの顔を見ていた。

「あかねくんが『頭から夢を引っ張り出す研究』を発案してからこっち、ぼくらがそれぞれ被験者になって、映像化の技術はかなり進んだ。その技術を用いれば両親を殺した夢の解明に役立つだろうと、ぼくは密《ひそ》かに期待している。なぜなら祖父の日記を読んでも、親たちがどんな悪夢に悩まされていたのか、全くヒントがないからだ。その夢は最初一人の気難しい患者から『風路医院』にもたらされたんだ」

医療福祉施設のケースとそっくりだ。フロイトは続ける。

「最初に罹患したのは診察していた父だった。毎晩うなされるようになって、一緒に寝ていた母にうつった。祖父の日記に罹患した母の言葉が書かれていてね、心臓が破裂するほど怖かったのに、目覚めたらなにひとつ覚えていない。でも、二人で同じ夢を見ていたのは間違いがない。なぜなら父のうなされる声で飛び起きたとき、母も恐ろしい夢を見ている最中だったからと」

「……どういうこと？」

眉をひそめて姫香が訊いた。フロイトは頷いた。

「同じ部屋で寝ていたぼくに夢が伝播するのを怖《おそ》れて、親たちはぼくを客間に離した。父はその後ベッドの上で、母は父の葬式後に、庭で倒れて亡くなったんだ。死因はどちらも心臓発作で、睡眠がとれないために引き起こされた病状だと思う。人間は上質な睡眠を長期間とれずにいると死んでしまうこともあるから」

「二人は同じ夢を見てたと思うの？　それとも別の怖い夢？」

姫香が訊く。

「わからない。ただ、恐怖感情だけが伝播した別の夢を見ていたと考えるほうが自然ではあるね」

「恐怖感情が伝播する……って、ダル・ソンノの睡眠実験のときにも起きましたよね？　同じ部屋に寝ていた人たちが、ミドリさんのうなされる声を聞くことで、それぞれ怖い夢を見た。でも、夢の内容を話せる人はいませんでした」

「よく覚えてたなぁ、ペコにしては」

と、ヲタ森が偉そうに言った。

「あのときは実に被験者全員が、お嬢様のうなされる声でストレス値を上げ、そのうち何人かが怖い夢を見たと答えた。安眠枕を使っていたにも拘《かか》わらず。ここ、大事なとこだから」

「つまり、脳は枕の感覚よりも耳から入る直接的情報に左右されがちってことね」

姫香が言うとフロイトが答えた。

「音情報だけではないと思う。たとえば不快なノイズを聞かせたとして、恐怖自体は伝播しにくい。うなされていた翠くんの恐怖そのものが、恐怖としてほかの被験者に伝わり、恐ろしさを感じる部分に影響したと考えられる」

「それ、わからないけどわかります」

と、あかねは言った。

「あのとき、私もミドリさんの声を聞いて怖い夢を見ましたから。聞くだけでなんていうか、こう、ホントに怖くなる声で」

「ホラー映画の効果音みたいなものかしら」

姫香はそう言って、

「で？　人を殺す夢って結局なんなの？」

「それがわからないから調べてんだろうが」

ヲタ森は姫香を睨んで、その目をフロイトに向けた。

「茶の香で起きている現象が風路医院で起こったことと近いと考えているんですね」

「近いと思う」

「プリンスメルじゃないけども、ぶっちゃけフロイトは、どうするつもりでいるんです？」

ヲタ森は腕を組み、顎の下を掻きながら訊く。フロイトはチラリと窓の外を見た。

「幽霊森にぼくの祖父が出る件だけど、ヲタ森はあれを、誰かが仕掛けた三次元映像だと言ったよね？」

「あー……まあ……言いましたけど……」

「でも、今のところ投影機は見つかっていない。未来にもっと技術が進んで、映像を過去に投影できるようになれば別だけど、そこは調べようがないわけだし」

フロイトは何を言いたいのだろうと、あかねは首を傾げて聞いていた。

「祖父の日記を調べていくと、夢に関する奇妙な話がたくさん出てくる。たとえば、脳の手術後に薬で眠らされていた患者が夢の中で友人と会う。その友人が見舞いに来て、あなたの夢を見たわと話す。二人が見た夢の内容、そして日付、これらがピッタリ一致したとかね」

「そういう話は稀《まれ》に聞くわよ」

と、もと夢売りの姫香は頷く。

「夢は脳が見せる幻ではなく、肉体が行けない意識の世界だと言う学者もいるでしょ。見えている世界だけがホンモノの世界と誰が決めたの？　って話だけど」

「えっ、じゃあ、なんですか？　そっちの世界から殺し屋が来て、感染した人を殺してるっていうんですか」

あかねは深刻な顔をした。

「んなわけあるかバーカ」

「あっ！　またバカって」

「ペコはホラー映画の見すぎ」

「ホラー映画は嫌いです。怖いし、眠れなくなっちゃうし」

「独りでトイレに行けなくなるもんなあ」

あかねをからかいながらもヲタ森は、ふいに「ん？」という顔をした。

「や、でも待てよ？『エルム街の悪夢』なんかは、夢で起こった殺人が現実世界に反映されるから嘘《うそ》っぽいけど、この場合は心臓麻痺だもんな……心臓麻痺って、けっこう簡単に起きるんじゃ……」

「狭心症、急性心筋梗塞、心臓発作……心臓麻痺とは一般的に心臓に起因する突然死を言うが、これらの症状は気温による血圧の変化、動脈硬化や虚血、心室細動、心筋炎、ストレス、さらにショックでも起きうる。人が睡眠をとれなくなると、睡眠中に分泌されるコルチゾールなどのホルモン物質が不足してストレス耐性が低下し、日中のストレスが過度になる。疲労の回復もできなくなるから細胞の修復機能が衰えて記憶や意識障害も出る。そしてまたストレスをためる。それを回復しようと心臓が頑張りすぎて異常をきたし、心臓発作につながっていく。睡眠不足と心臓発作は深い関係があるんだよ」

「問題は、どうして眠れないほど怖い夢を毎晩見るのかってことですよね」

あかねも腕組みをして考え始めた。怖がらせようとして姫香が言う。

「本当に呪いじゃないの？」

「えー……それ怖いです。でも、呪いなんてホントにあるのかな」

「心理学的に言うならば、呪いの効果は実際にある」

と、フロイトは言う。

「呪いと呼ばずに暗示と言えばわかりやすいかな」

そして意味ありげに姫香を見た。

「卯田くんが夢売りとして相手に夢を見させた方法がそれだね？　夢を買った相手は夢を見るつもりになっている。つまり、暗示にかかる準備ができている。そこにアイテムが送られてくると脳がそれを意識して取り込み、夢になって発現するというカラクリだ。呪いも同じで、呪いをかけられたと認識したとき発動する。よくないこと、変わったこと、思いがけないことなどをすべて呪いのせいではないかと考え始め、やがて恐怖に囚《とら》われて自ら不幸を呼び込むんだよ。信じる者に発現する心の現象だね」

「人を殺す悪夢も同じだと思うんですか」

ヲタ森が不満そうに訊く。フロイトは頭《かぶり》を振った。

「一部分はそうだろう。でも、全部じゃない。たとえばそれが呪いでも、ぼくの親たちや、今回のように、何人もが立て続けに死ぬような現象が起きるのは妙だよ」

「実はウィルスかなんかですかね。うなされる現象が目立つから夢に意識がいくけれど、実際には病原性の何かが起因しているとか……でもなあ……そうだとすれば、なんでこんなに地味にしか感染しないのって話だよな」

「すごーく意固地な人や、死にかけの老人にしか効力を発揮できないウィルスじゃないの？」

「亡くなったときぼくの両親は三十代だったし、二十六歳の介護士も亡くなっているんだよ」

「ああ、そうか。そうよね」

「場所が場所だから全員が夢のせいで死んだんじゃないかもしれないですけどね」

「暗示の影響はあるとしても、生活相談員の女性も罹患したなら、それだけじゃないはずだ」

「ですね」

「祖父の幽霊のことだけど」

　フロイトはまた外を見た。

「森に現れる白衣の幽霊は祖父で間違いないと思う。祖父は昏睡《こんすい》状態に陥ったとき、まるで出入りするみたいにして同じ夢の中にいたという。同じ夢を繰り返して見るわけじゃなく続きがあるんだ。若い頃の姿に戻って明るい森を歩いていると、そこには白い箱のような建物があって、背の高い青年や若い女の子が機械で夢を創っている」

「それってヲタ森さんと私のことですか？」

　と、あかねが訊いた。

「ぼくもそう思うんだ」

　フロイトが答える。

「生前、祖父は言っていた。ぼくらが知る世界とは別に意識下でつながれる世界があって、その世界を共有している人たちがたまさか夢で邂逅《かいこう》するんじゃないかと」

「共有する人たちであり、全員ではないってことね」

姫香はいつも一点を突く。あかねはそれが羨ましいけど、自分は素直な問いしかできない。

「全員じゃないと、どうなるんですか？」

それに応えたのはヲタ森だった。

「なんかちょっと見えてきたぞ？　つまりさ」

眉根を寄せて考えながら、中空に絵を描くように人差し指を振り上げる。

「脳波っていうのはつまり変動する電気信号なんだよ。ってことは、脳が見せる夢も電気信号ってことだ。俺たちはペコの発案で、その信号を映像に置き換える研究をしてきた。で、脳波と、脳波の信号が……」

「ああ、合致する人同士に限り、意識下でつながれる世界を共有できるかもしれないってことね」

と、姫香が言った。あかねもなんとなく理解ができた。

「え。じゃあフロイト教授のお祖父さんの幽霊が見える私たちなら、全員で世界を共有できて、互いの夢を行き来できるかもしれないってことですか」

すごく純粋な疑問を口に出すと、フロイトもヲタ森も姫香もビックリした顔であかねを見つめた。

「……私、何かバカなこと言いました？」

「いや、そうじゃない。そうじゃないよ、あかねくん」

フロイトは考えをまとめるように額を掻いた。

「夢の世界には時間や空間の概念がない……祖父の夢がここに来ていることからしても……」

「オソロシイよな。ペコの『トンデモ発想』って、ときどき核心を突いてくるから」

「どれが核心を突いたんですか？」

「夢の世界から殺し屋が来てる、ってとこ」

と、姫香が言った。

「こわっ……それ怖いです」

「とにかく先ずは施設へ行って状況を見よう。仮説の続きはそれからだ。ヲタ森、必要なものを用意してくれ。睡眠実験に使ったリストバンド型の心拍計、あと録音機……場合によっては」

「脳波計を持ち込めればいいけど、それはちょっと無理ですよね」

「そうだな。それはちょっと性急すぎるな」

フロイトが言うとヲタ森は、「承知しました」と頭を下げた。ときおり執事みたいなヲタ森と、フロイトのやりとりがあかねは好きだ。それが見られるのもあとどれくらいだろう。

一人感慨に浸っていると、

「ペコは早いとこ論文あげろ」

と、ヲタ森が言った。

「こっちの準備はオレとプリンスメルでやっておくから」

「なんであたしがこき使われるのよ」

姫香は下唇を突き出したが、ヲタ森はすでに無敵の自己中に戻っていた。

「呼ばれてもないのに毎日来てさ、フロイトがもらった菓子まできっちり持ち帰ったくせに、どの口が言ってんの。それともなんなの？　ペコが卒業できなくて、ここがもっと狭くて窮屈になればいいと思ってんの？　だいたいだな、プリンスメルは」

「わかった。わかったわよ、手伝いますよ。で？　あたしは何をやればいいの」

二人でキッチン奥の物置へ入っていくのを、あかねは複雑な思いで眺めた。今まではあれが私の役割だったのに。そう考えていると、

「あかねくんは明日、一緒に施設へ行ける？」

と、フロイトが訊いた。

「私ですか？　もちろんです」

嬉しさのあまり振り向くと、ロイドメガネの奥でフロイトの目が優しく笑った。

「ヲタ森と姫香くんは留守番に残すよ。頭から引っ張り出した夢の画像を論文に添付したいだろ？」

「はい。それはもう」

「うん。ヲタ森にも頑張ってもらおう」

ヲタ森さんが企業からオファーをもらったことを、教授に言わなくていいのかな。どう考えてもヲタ森さんにとってチャンスだし、教授も応援するだろう。でも、ヲタ森さんの迷いもよくわかる。だってようやく教授が探していた悪夢に手が届くかもしれないときに、ヲタ森さんがいなかったら画像の処理ができないし。

あかねはきゅっと唇を噛《か》んで、人生って難しいなと考えた。

「せっかくだから姫香くんにも手伝ってもらおう。パソコンの台数が足りなくて、姫香くんが研究に協力したくても、いまのところ席がないからね」

つまり明日は姫香にあかねの席を貸すということだ。フロイトは続ける。

「パンデミック・ドリームという現象がある。夢に見る内容やその時生じる感情は、起きているときの幸福感と関連しているんだけど、逆に、起きているときの恐怖や不安やストレスも夢の内容に関連するんだ。面白いことに、人は日常のストレスや不安を緩和させたり、また、来たるべき危機に備えるデモンストレーションとして、怖い夢や危機感のある夢を見ると考える研究者もいる。それが証拠にパンデミック下では悪夢を見る人が爆発的に増えるんだよ」

「人を殺す悪夢にもそういう側面があるってことですか?」

「可能性はいくらでもある。だから先ず、何が起こっているのかしっかり調査しなくちゃならない」

あかねが頷くとフロイトは言った。

「あかねくんも瀬戸際だからね。今は論文を進めたまえ」

「……わひゃー」

あかねは自分に呟いて、悪態を吐き合うヲタ森たちの声を聞きながら、時間いっぱい作業に励んだ。

3　フィールドワーク

翌日の午後。あかねはフロイトに連れられて、夢科学研究所から大学の職員用駐車場へと移動した。

医療福祉施設『茶の香』へ行くのはあかねとフロイトだけなのに、検査機材を積み込むためにヲタ森もついてきた。さらには部外者の姫香を一人で研究所に置いておけないとヲタ森が主張したため、姫香も一緒についてきた。

一行はゾロゾロとフロイトにくっついて長い回廊を歩いていく。

「どうします？　もしもそれが本当に教授の探していた悪夢で、中に殺し屋が住んでいたら」

風は入ってこないものの空気は冷たい。白く息を吐きながらあかねが訊くと、

「ていうか、それってさ、夢がどういうものかという根幹に関わる問題だよな」

と、ヲタ森が言った。冬だというのに半袖パーカーに白衣に綿パンに裸足《はだし》で、パコ

パコとスリッポンを鳴らして歩く。研究室を出たら腕に寒イボができていたので、フロイトが白衣を羽織らせたのだ。

「ヲタ森氏に訊くけど、夢の根幹に関わるってどういう意味？」

ヲタ森は一番後ろにいる姫香を振り返った。

「夢の発現は脳波の問題だけなのか、それとも本当に別の世界があるのかってこと。精神世界が存在し、夢を見ている間はそっちの世界に入っているなら、原理を知ることで夢世界の自分の行動を操作できたり、もしかしたら世界そのものにアクセスできる方法が見つけられるかもしれないよね？」

「簡単に言うとＲＰＧみたいなものですか？　あ。だから夢って、私が私の夢に出演していても、カスミの夢にも出演できちゃうのかな？　時間も曖昧ですもんね。死んじゃったペットのワンコとか、夢に出てきてくれますもん」

「その理屈で言うなら、たとえばサイコ殺人鬼がよ？　死刑寸前に夢を見て、肉体の方は死んじゃったとして、脳波だけあっちへ逃亡して夢に居着いてもおかしくないってことよねえ。悪夢に潜《ひそ》む殺人鬼って、実はあり得るってことじゃない」

「卯田さん、それメッチャ怖いです」

「もしも……」

と、フロイトが真面目な声で言う。もしも、なんだろうとみんなで続きを待ったけど、フロイトはしばし足を止め、メガネを持ち上げただけで歩き始めた。

すぐ後ろにいたヲタ森があかねと姫香を振り返る。あかねは目をパチクリさせて、姫香は無言で首をすくめた。

風除けのポリカーボネートは経年劣化で透明度が落ち、磨《す》りガラスのように濁っている。それを通すと大学の庭はボケて見え、噴水の音で位置を知る。学長自慢のバラ園も花がないのでなんだかわからず、肉眼で見えるはずの世界ですらも、何を通して見るかによってずいぶん違う。

「今居る世界が本当にホンモノの世界なのかなって、考えたことないですか？」

あかねは訊いた。

「どういう意味？」

「子供の頃とかに考えたことないですか？　通学路の外で突然世界は終わっていて、そこから先は真っ白で、何もないんじゃないかって。外国の風景とかがテレビに映るじゃないですか？　あれも『それ用』に作ったやつで、みんな世界があるとだまされている。そんなふうに思ったことないですか」

「あるある」と、姫香も言った。

「本当の親とか実はいなくて、あたしが寝ちゃうと顔のないロボットに変わるのよ。あたしだけが人間で、ほかはぜーんぶフェイクなの」

「それ、病んでるから」

と、ヲタ森が笑う。

「ヲタ森さんはないですか？」

「ないことはない」

「どっちなんですか」

「ま、そういうのはさ、誰でも一度は考えたりするんじゃないの。オレなんかが思うのは、オレが見ている青色と、ペコが見ている青色と、本当に同じ色なのかなってとこ。だって、本当のところはわからんじゃん。だからオレが、空が青いなって思う時、ペコも『真っ青ですね』と言いながら、ドピンクの空を見ているかもしれないんだよな。でもさ、それって実はあんまり重要なことじゃないんだよね。だって、世界が世界たる……所以《ゆえん》……が……」

電池の切れたオモチャみたいに、ヲタ森は突然動きを止めて、瞬きもせずに固まった。数歩先でフロイトが、何事だろうと振り向いたとき、ヲタ森は両手に抱えていた検査機材の箱をあかねに押しつけてきた。

「ヤバいぞ……そうか……そういうことか」

重い箱に思わず手を添えフロイトが訊く。

「何がそういうことなんだ？」

ヲタ森はフロイトを見て言った。

「夢ですよ。脳の働きは電気信号で、電気信号が夢を見させているのなら、同じ信号を割り出して、脳波をつないで、頭から引っ張り出した夢の逆を行けるんじゃ……夢と夢をつなぐというか、双方向の夢。電気信号を信号として使うんじゃなく、電気信号で世界を創る。それがフロイトの爺さんが言ってた精神世界になるんじゃないかと……そうすれば」

ヲタ森は人差し指をあかねに向けて、

「データはある」

と、頷いた。次に姫香を指さして、

「こっちもデータがある。フロイトも、オレも、幽霊が見える全員の脳波データがストックしてある。ニューロン内のインパルスから周波数を割り出して、俺たち共通の波形を探す……それをAIに活用しているテクノロジーと合体させれば……」

ヲタ森は唐突に「いける！」と叫び、あとはもう何も言わずに踵《きびす》を返して、パッタンパッタンと回廊を走って去った。

「なにあれ」と、姫香は眉根を寄せ、

「それじゃあたしも天才ヲタ森氏を手伝うから」

言うが早いかヲタ森を追いかけて立ち去った。

寒々しい回廊の中には、あかねとフロイトと検査機材だけが残された。

「ヲタ森さんは突然なにか閃《ひらめ》いたんですね」

「そうらしいね」

フロイトは笑い、検査機材の箱を運んでくれた。


末期患者の看取りもするという『ケアハウス茶の香』は、商業地域を貫く主要幹線道路から少し入った通り沿いに、印刷工場と卸問屋に挟まれて建っていた。その通りに民家はなくて、お弁当屋さんやコインランドリーや衣料品店やコンビニなどが軒を連ねる準工業地域のようだった。

あかね自身はなんとなく、閑静な住宅街や避暑地的な雰囲気を持つ郊外に施設があると思っていたので、現地の様子にやや驚いた。建物の見た目はアパートを簡素にしたような味気ないもので、植栽すらない駐車場が前にあり、入居者が目を楽しませるようなしつらえが全く見受けられない。

そして、屋外の景色や様子に楽しみを見いだせない状態の人たちが利用する施設なのだということを、思い知らされたような気がした。たぶん一日中ベッドにいて、花瓶に活《い》けた花と、天井と、点滴パックくらいしか見ることのない人たちが暮らしているのだ。

「工場かアパートみたいな建物ですね。あ。でも、『茶の香』って看板に書いてある」

助手席から身を乗り出して言うと、フロイトが、

「この棟がホスピスで、たぶん奥がケアハウスなんだよ」

駐車場からは建物の裏が見えないが、そちらに中庭があるのだろうか。

「ホスピスとケアハウスってどう違うんですか？」

「ホスピスは余命の短い人が安らかに終末を迎えられるように整備された施設だよ。ケアハウスは公的な補助金を受けて運営される老人福祉施設かな」

「自分で動ける人と、そうでない人の施設ってことですか。悪夢が蔓延《まんえん》したのはどっちだろう」

「ホスピスのほうなら悪夢が原因で亡くなったとは言い切れないかもしれないね」

駐車場には車両が多く止まっていた。お見舞いに来る家族がこんなにいるのだ。

お父さん方の祖父母とお母さん方の祖父母、あかねはどちらも大好きだけど、彼らが歳《とし》を取ったときのことを考えて、急に悲しくなってきた。やあねえ、まだそんな歳じゃないわよと、頭のなかでお祖母ちゃんが笑う。けれど、でも、そうして迎える最期のときに毎晩悪夢にうなされるとしたら、そんなの絶対許せない。自由で奔放な夢の世界に入り込んでくる悪意があるとしたならば、それはあまりに恐ろしい。

エンジンを切ったフロイトにあかねは言った。

「私、教授が悪夢を憎むと言ってたことにあまりピンときていませんでしたけど、ようやくその気持ちがわかってきました」

「そうかい？」

フロイトは運転席から振り向いた。

「そうです。だって、酷《ひど》いじゃないですか。夢の中で悪さして、結果として人を殺しても、警察には捕まりませんよね？　殺したことすら誰も信じないし、証明できないし、そうしたら、悪いことやり放題じゃないですか。そんなのダメだと思います」

あかねは顔をクルリとフロイトに向け、彼のお祖父さんの形見のロイドメガネと、その奥の瞳をじっと見つめた。それから鼻の穴を大きくして、

「お父さんもお母さんも夢に殺されたって、教授がいくつのときですか」

と、訊いた。フロイトは困ったように苦笑した。

「小学校の高学年だよ。ひと月もしないあいだに相次いで二人を失った。その後は祖父母がぼくを育ててくれたんだけどね」

「かわいそうです。ひどいです」

あかねが口をへの字にすると、フロイトは眉尻を下げ、

「両親が夢のせいで死んだんじゃないかと考えるようになったのは、大学を出てから

なんだ」と、言った。

「子供の頃はよくわからなかった。流行病と教えられていたからね」

「そうなんですか」

フロイトは頷いた。

「なかなかね、祖父も説明できなかったと思うんだ。そもそも夢を見て人が死ぬなんて、オカルトチックで荒唐無稽な発想だしね。祖父自身も半信半疑だったのだろう。だから人には話さずに……そんな現象や症例が他にもあるか、様々な角度から調べたんだよ。そんな祖父の研究を支えてくれたのが伊集院周五郎《しゅうごろう》学長だ。彼とタエちゃんと祖父は大学時代からの親友でね」

「それで夢科学研究所が出来たんですね」

フロイトは首を傾げた。

「まあ、予算のつかない研究をさせてくれているのは間違いないよ。あと、ほかに……」

きゅっと唇を噛んでから、あかねに向かって口角を上げた。

「学長は信じているんだよ」

「何を、ですか？」

「若い人たちの可能性だよ。滑ったり転んだり、バカをやったり失敗したり、それは全部通り道で、その先に行き着く力を信じている。幽霊森にあれができたのは、学長がきみたちを信じているからだ」

何かとても大切なことを言われた気がしたけれど、あかねはフロイトの本心がわからなかった。だからとりあえず咳払いをして、わかったような顔をした。

「悪夢の正体、絶対に暴いてやりましょうね」

元気よく言うとシートベルトを外して白衣を着込み、リュックを担いで車を降りた。

駐車場に人影はなく、アパートのような二階建て施設の入口奥に、こちらを窺《うかが》う人の姿がチラリと見えた。フロイトが運転席を出るタイミングで施設の入口ドアが開き、ビデオ通話をしたときの男性が外へ出てきた。たしか、施設長の板垣という人だ。

あかねは車の後部ドアを開けて機材を出そうとしていたが、それを止めてお辞儀した。板垣も頭を下げる。

「未来世紀大学の風路教授ですね」

「はい。昨日はありがとうございました」

フロイトも板垣に会釈をすると、あかねを紹介してくれた。

「こちらは助手の城崎くんです」

「城崎あかねです」

体の前で両手を揃え、再び深くお辞儀する。

「あかねくん。機材はそこへ置いておいて、先に話を聞かせてもらおう」

フロイトが言うので、あかねは後部座席のドアを閉めた。

「お忙しいところをすみません。生活相談員の先生も来ていますので、こちらへ」

板垣に案内されて、正面玄関をスルーする。向かった先は建物をぐるりと回り込んだ裏口で、鍵が掛けられているらしく、彼はポケットから鍵の束を出して解錠した。

「正面からでなくてすみません。患者さんやご家族を動揺させたくないもので」

それを聞くとフロイトは恐縮して詫《わ》び、

「こちらこそ配慮が足りずに申し訳ありませんでした」

その場で着ていた白衣を脱いだ。あかねも倣って白衣を脱ぐ。

白衣は威厳があると思っていたが、場所と状況によっては脅威になるのだ。大学のバンに乗った白衣の人が入ってきたら、何かの検査か感染症が発生したと思って怖がる人もいる。自分の白衣は畳んで丸めて腕に持ち、フロイトの白衣も受け取って抱える。すみませんねえと言いながら、板垣は裏口のドアを開けた。

内部は狭い廊下で、両側にドアが並んでいる。機械室とかボイラー室とか、仮眠室とか守衛室とか、施設のバックヤードがまとまっているようだ。フロイトとあかねを先に入れ、板垣はドアを施錠した。

「不審者や危険人物が侵入しないよう気を遣います。物騒な事件も起きたりするので

「……」

「確かにそうですね」

板垣が場所を替わって先に行く。そして『施設長室』と表示されているドアを開けた。狭くて殺風景な八畳程度の部屋だった。建物の裏に面して小さな窓がひとつあり、書棚とデスクと簡易的な応接テーブルが置かれていた。

「どうぞ」

と言われて中に入ると、板垣は内線電話を取って生活相談員を呼び出した。

「むさ苦しいところで恐縮ですが、おかけください。いま生活相談員の先生が来ます」

ブラインドの隙間を隣の建物が埋めている。窓の外がすぐ壁というのも、なかなかに閉塞感がある。フロイトに促され、あかねは椅子のひとつに座った。夢科学研究所のパイプ椅子のような座り心地だ。

「風路教授はずっと夢の研究を?」

小さな冷蔵庫からペットボトルのお茶を出し、板垣はそれをフロイトとあかねの前に置く。

「スタッフが忙しいもので、こんなお茶で失礼します」

「いえ。頂戴します」

とフロイトは言い、遠慮なく封を切ってひと口飲んだ。

「夢の研究はぼくが二代目で、もともとは祖父がやっていた悪夢の研究を引き継いだものです。大学ではコンピュータなどを用いて夢の可視化に取り組んでいます」

「夢の可視化って？　誰かの夢を映像にするんですよね。ホームページを拝見しましたが、すごかった。あれはどうやっているんです？　頭に何か装置をつけると、ああいう映像が見えるんですか？」

あかねと同じことを考えていたのでホッとした。フロイトは言う。

「いえ、まだそこまで進んではいないんですが、いずれはそれができるようになったらいいなと」

「ホームページの映像は、サーチした夢の内容に合わせて創り出したもので、ダイレクトに引っ張り出した映像じゃありません――」

あかねも脇から補足した。

「――時間をかけて創った再現映像です」

「あなたが創っているんですか？」

「ええっと、私は無理なので、ヲタ……森本さんという映像クリエイターが担当してます」

わかったのかわからないのか、板垣はメガネに手を添えて「ほぅお」と言った。

「私にはよくわからんのですが、夢を見て死ぬというようなことが、本当に起こりうるのでしょうか」

　フロイトはペットボトルのキャップを閉めて、板垣の方へ体を向けた。

「悪夢を見てすぐ死ぬといった事例は、ぼくもまだ知りません。ただ、悪夢などが原因で正常な睡眠がとれなくなり、脳や心臓に過度の負担がかかることで心臓発作につながることは知られています。睡眠は生きる上で最も必要とされる欲求で、食欲より優先されるんですよ」

「そうですか？」

　フロイトは微かに微笑み、

「板垣さんは何か運動をされていますか？」と訊いた。

「歳を取ってからはトレッキング程度しかやってませんが、こう見えて高校までは野球部にいました」

「なるほど。では、夜遅くまで練習したりしませんでしたか」

「そりゃ、しましたよ。大会の前なんかはねえ、暗くなるまで練習しました。それから電車に乗って帰るので、もうね、疲れ切っちゃって、自転車を漕《こ》ぐ元気もなくて、駅のベンチで仮眠して、それから家に帰ったり……」

　言葉を切って板垣は、「ああ、なるほど」と、頷いた。

「たしかにね。極限まで疲れると、どれだけ腹が減っていようと眠る方が先でしたね。十分でも二十分でもいいんです。ストンと落ちるように寝てしまう」

「人の体は脳が動かしているわけで、脳が疲れ切ってしまうと生命維持ができなくなります。食欲より先に脳を守る。つまり睡眠が必要だというわけですね。ですから人は眠れないと死ぬことがある」

板垣はコクコクと頷きながら、ふっと首を傾げてみせた。

「でも教授、夢を見てるということは、寝てるってことじゃないんでしょうか」

「睡眠時の脳波を調べると、眠っていてもストレスを受ける場合があるとわかります。そのストレスが過度になれば、体は眠っていても脳は休んでいないということになりますね。睡眠中のマウスの大脳皮質において、様々な領野を観察した研究をまとめた日本医療研究開発機構の発表では、覚醒時やノンレム睡眠時に比べ、レム睡眠中に毛細血管へ流入する赤血球の数は二倍近くに上昇していることがわかったそうです。ですからレム睡眠を含む正常な睡眠が阻害された場合、脳は不要な二酸化炭素や老廃物などを回収するための活発な物質交換ができなくなって、機能低下を生じる可能性があるということです。もしも連続して悪夢に晒《さら》され、眠ること自体が怖くなったり、度々心機能の異常を生じるような事態が起きていたのだとすれば、悪夢に罹患した人たちが心臓発作を起こす可能性はあるのです」

「そうなんですか……私はまた、悪夢を見て死ぬなんていうのは荒唐無稽な思い込みだとばかり」

「この施設での問題は、そうした現象が複数の人たちの間で共有されているということです」

フロイトがそう言った時、ノックの音がしてドアが開き、ピンクの医療服を着て社員証ホルダーを下げた三十代くらいの女性が入ってきた。

「ああ。生活相談員の先生が来ました」

板垣は腰を浮かせて彼女を室内に手招いた。

フロイトが立ったのであかねも一緒に立ち上がる。

「山田《やまだ》さん。こちらは夢の研究をしておられる大学の先生で」

「私立未来世紀大学夢科学研究所の風路です」

「城崎です」

女性は丁寧にお辞儀しながら名前を名乗った。

「生活相談員の山田です」

板垣が椅子を引き、彼女をフロイトとあかねの向かいに座らせると、自分は施設長のデスクに戻って、「昨日お話しした山田さんです」と、両手を組んだ。

山田という女性はひどい顔をしていた。肌荒れで口の周りが白く粉を吹き、目の下にはクマができ、印象として覇気がない。

ひと目見るなり辛そうだなとあかねは思った。

「いま施設長から大まかな話を聞かせてもらったところです。どんな症状か聞かせてください」

フロイトが訊くと、彼女はだるそうに首を捻《ひね》った。

「眠れないんです」

「それは神経が立っているとか、目がさえてしまうとかですか」

「そうじゃないです。こうしていても、頭の後ろから引き込まれるように眠いのに、眠ろうとすると心臓がバクバクして起きてしまうんです」

「心臓がバクバク……」

フロイトは反芻《はんすう》した。

「なぜかな。呼吸がしにくい？」

山田という女性は首を傾げた。

「わからないんです。なぜなのかよくわからない……ただ、寝ると怖い夢を見て起きるので」

「山田さん。ちょっと目を閉じてみてもらえませんか？」

そういうと、彼女は怯《おび》えた顔をした。

「ぼくたちがそばにいるから大丈夫ですよ。目を閉じて」

彼女は素直に目を閉じた。

するとすぐさま首が動いて、瞬間的に眠りに囚われたようだった。

あかねはこうした症例を知っている。ひどい睡眠障害に悩まされていた塚田翠が、立って目も開けたまま眠ってしまうのを見たことがあるのだ。翠の場合は直後に全身が脱力してしまうナルコレプシーを患っていた。脳が疲弊しすぎて活動を停止するために起きる全身虚脱ということだった。

「山田さん？」

数秒後にフロイトが呼びかけると、彼女はハッとして目を開けた。

「いま夢を見ていましたか？」

「あ……はい。夢というか……」

「あちらとこちらを行き交う感じ？」

「そうですね……はい」

「怖かったですか」

「いえ。今は……ただ……向こうへいってしまわないように抗《あらが》っていました」

「なるほど」

フロイトはあかねの顔をチラリと見ながら、

「脳波というか、心拍数の記録を取らせてもらってもいいでしょうか」と、訊いた。

「山田さんはスマホをお持ちでしょうか？　リストバンド型の軽くて小さい機械を腕につけ、スマホに蓄積したデータをネットで研究所へ飛ばすんです。そうすれば山田さんの睡眠状態やストレス値などがわかります。心拍数も、呼吸の変化も」

「いいですけど……」

と、彼女は言ってスマホを出した。

「本当に感染症なんですか？」

「感染症？　誰がそんなことを」

背後にいる板垣のほうへ視線を動かして、「違うんですか？」と、彼女は訊いた。

「感染症なら、もっと直接的な、その……ワクチンとか治療薬みたいなものがあるのかと」

フロイトは椅子の背もたれに体を預けて脚を組み、両手の指を交差させて微笑んだ。

「薬で睡眠を補助できるなら、眠剤などで半強制的に眠らせて、脳を休ませる方法もあると思うのですが」

「それはダメです！」

突然強い口調で彼女は言った。

「なぜダメなんですか？」

そしてフロイトの問いかけに自分自身で首を傾げた。

「薬で眠れば、いざというとき目覚められなくなるからでしょうか……怖いんです」

「何が怖いんですか？　考えてみてください」

山田は眉間に縦皺を刻み、その皺を両手の指で押さえて俯いた。その姿勢のまま呟くように、

「目覚められないと、たぶん、死んでしまう」と、言った。

他の感染者も処方された眠剤を飲み残していたと板垣は言う。それを思い出してあかねはゾッとしたが、フロイトはあかねではなく、板垣と視線を交わした。

「どうして死ぬと思うんですか？」

「わからない……でも、心臓が……」

彼女は片手だけ心臓に置き、医療服の上からぎゅっと握った。

「心臓が……つぶれる感じがするんです」

「夢の中で？」

コクンと頷く。

「だから目を覚ましてしまうのかもしれません……夢から逃げ出そうとして」

何を思ってかフロイトは頷いた。

「眠るたび同じ夢を見ているのだとしたら、眠ることは死ぬことと脳が認識したのか

も。強い暗示にかかっているか……だとしたら」

フロイトは「ちょっといいですか？」と、山田に訊《たず》ねた。

テーブルに手を伸ばし、脈を取っていいかとジェスチャーで訊く。彼女は頷き、袖をめくって腕を伸ばした。三本指を腕に当て、フロイトはもう片方の手で時間を見る。

そうしておいて彼女に訊いた。

「悪夢に罹患した経緯を覚えていますか？」

山田は頷く。

「石坂くんが相談に来たんです。新田さんが亡くなるとき、共有スペースで新田さんと服部さんが揉めたらしくて、新田さんはそのまま倒れてしまったんですけど、そのときに、服部さんは何かうつされたと騒いでいて、その夜からうなされるようになったんです。それで服部さんは石坂くんを見るたび、あんたのせいだと罵って、お喋り好きな人だったのに日が経つにつれ鬼気迫る感じになって……それで……」

「続けて」と、フロイトが言う。

「……石坂くんはそのことを気に病んでいて、だから、私、言ったんです。避けるのではなくてきちんと声をかけてあげたら？　って。淋《さび》しさや不安から攻撃的になる人もいるので、服部さんもそうかもしれないと思ったんですけど、石坂くんが勇気を出して服部さんに大丈夫ですかと声をかけると、彼女は石坂くんを両手で摑んで、『次はおまえの番だ』と言ったらしいです。次はおまえだと。その夜から石坂くんは怖い夢を見るようになったと言っていました」

「それであなたはどうされましたか？」

「気にすることはないと言ってあげるしか……入居者さんの中には病状の悪化に気持ちが追いついていかなくて、介護士に当たり散らしたり、悪態を吐いたりする方もおられるので」

「石坂という青年はどう応えましたか？」

「まだ不安そうでした。気のせいなんかじゃないって……それで……ああ……」

彼女は脈を取らせていた腕を引っ込め、自分で自分の体を抱いた。

「たぶん、そのとき」

「あなたも彼に言われたんですか？　次はおまえの番だとかなんとか」

山田は頭を振って言う。

「そういう言い方ではないです。石坂くんはすごく疲れた顔をして、大きな溜息を吐いたあと、私を見つめて、『ですよねえ。でも、山田さんも、なってみたらわかりますよ』って」

あかねはフロイトに囁いた。

（そのとき感染したんでしょうか）

フロイトは深刻そうな顔で板垣を振り向いた。

「夢についてはこれから調査になりますが、山田さんの暗示を解くことはできるかもしれません。眠れない日が三日も続けば人は体調を崩してしまう。一週間以上も不眠が続くと内臓にも影響が出るでしょう」

「暗示なんですか？　ここで起こっていることは」

と、板垣が訊く。

「すべてが暗示とはいいきれませんが、暗示も影響していることは確かでしょう。始めに事象が起こって、それを見聞きした人に感染が広がる。ノセボ効果というか、不安緊張状態に置かれることで、自分も悪夢を見るのではないか、見るはずだという刷り込みがある可能性も」

「それは治せるんですか」

「山田さんは眠ることが危険だと考えています。だから眠りが浅くなり、夢を見始めると覚醒しようとしてしまう。そのロックを外すことはできるかもしれません」

「どうやって？」と山田が訊ね、

「催眠術です」とフロイトは答えた。

「術が完全にかからない場合でも、脳の疲れは取れますよ。抱えたストレスを解放できる」

「催眠術にかかったら眠るんですよね？」

「睡眠とは違います。そばにいて、異変があれば戻します」

「教授が私にかけるんですか？」

「お望みならば。やってみますか？　さほど時間もかかりません」

山田もまた許可を求めて板垣を振り返る。板垣が頷くと、

「風路教授、お願いします」と、山田は言った。

「夢で人が死ぬなんて、信じているわけじゃありません。でも、眠れないのは本当なんです」

　フロイトはあかねに目配せをして、車から機材を運んで来て欲しいと言った。

　あかねはその旨を板垣に告げ、白衣は着ずに駐車場へ向かう許可を得た。正面玄関から出ていいのなら、車はすぐ前に止めてある。持ってくるのはリストバンド型の装置とデバイスだけなので、箱ごと持ち込む必要もない。あかねが装置をとりに行っている間にフロイトが催眠術の準備をしておくという。といってもテーブルをずらして空間を作り、被験者とフロイトが直《じか》に向き合うようにするだけだけど。

　車のキーを借りて駐車場へ向かったあかねは、廊下を進んで正面受付の手前まで行くと、土足厳禁フロアには入らず、脇の小さいドアから外に出た。正面玄関が施錠されてしまったあとに職員が使う通用口だ。

車まで来ると、スマホを出してヲタ森にメールした。

――施設で話を聞いてます　ヤバいです――

食い付いてくるのをしばらく待ったが、ヲタ森からは返事が来ない。

「心配してると思ったからメールしたのに」

きっと姫香と何かを調べているんだ。メールにも気付かないほど夢中になって。

そう思ったら、どす黒い感情が沸々と湧いてきた。

「ヲタ森さんめ」

車の窓に自分の顔が映り込む。その醜さに驚いて、あかねはぐにゅっとほっぺをつまみ、ドアを開けて装置を探した。姫香を嫌いじゃないけれど、微妙な嫉妬心と劣等感を覚えてしまう。（自分小さい）と思うけれども、こればっかりはどうしようもない。あっちは四年も時間があるのに、自分にはもう時間がないのだ。ヲタ森のこともフロイトも、独占したい欲求がある。三人だけの研究所があかねはとても好きだったのだ。

「悔しいなあ……大学生活、もったいないことしちゃったなあ」

機材の箱に呟いて、必要なものを取り出した。同じルートを逆に辿《たど》って施設長の部屋へ戻ると、生活相談員の山田さんに催眠術をかける準備が整っていた。

リストバンド型の計測器を彼女の腕に着けさせてもらい、デバイスを通して設定をする。送信したデータを記録しておいてもらうため、あかねはヲタ森に電話をかけた。呼び出し音が鳴っているのに、ヲタ森はなかなか電話に出ない。メールにも返信をよこさなかったし、こんな時間にパンツを洗っているのだろうかと考えていると、唐突にヲタ森の声がした。

――なに？　忙しいんだけど――

忙しいのはこっちも同じだ。ムッとしながらあかねは言った。

「睡眠障害の方にリストバンドをしてもらったので、データを送るから保存してください」

――オッケわかった――

ヲタ森が電話を切ったとき、あかねはなんだかすごーく凹んだ。もうすぐ卒業しちゃうのに、私がいなくなってもヲタ森さんは寂しくないんだ。そして自分がものすごく小さくてつまらない人間に思えてきた。くさくさした気分で、

「連絡しました」

と、フロイトに言う。フロイトは頷いて、向き合った椅子に座る山田の膝に手を伸ばし、触れることなく向き合う位置を直させた。

あかねはもう知っている。このときすでに催眠術は始まっているのだ。

フロイトは立ち上がり、鼈甲細工のロイドメガネを外して手に持った。

「緊張しなくて大丈夫ですよ」

白い歯を見せてニッコリ笑い、フレームを両手で持ってメガネをかけた。

「少し体に触れますね。肩と、腕に」

そう言いながら背後に回り、

「肩こりがありますか」

などと訊く。

「はい。とても」

「ゆっくり首を回すと楽になるかもしれません」

そしてあかねに目配せをした。彼女が意識を失ったとき、倒れて頭をぶつけたりしないよう気をつけてくれと言ったのだ。あかねはフロイトにだけわかるように瞬きをして、彼女の近くへ移動した。

山田は首を回している。凝りをほぐすように、大きな動作で、ゆっくりと。

「いいですね。とてもいいです」

フロイトは彼女の肩に手を置くと、もう片方の手で額を押さえ、

「力を抜いて楽になりましょう。はい」

と命令した。瞬間、彼女は動かなくなり、フロイトの誘導に従って頭をガクンと前に落とした。

デスクで様子を見守っていた板垣が驚いたように口を開ける。いきなり倒れるようなことはなかったので、あかねはそのまま山田の脇にしゃがみこんでいた。

「かかったんですか？」

囁くような声で板垣が訊くので、フロイトの代わりに頷いた。板垣は興味深そうに前のめりになって、二本指で自分の唇を押さえている。

山田の肩に手を置いたまま、フロイトは静かに言った。

「疲れも恐怖もありません。今はとてもリラックスして、深い眠りに落ちていきます。ゆっくりと、解放されて、温かく、気持ちがいい」

驚いたことに、彼女はイビキをかき出した。力が抜けて前のめりになっていく。あかねが彼女の両脚を前にずらすと、フロイトは椅子から落ちてしまわないよう頭を仰向けにした。

「眠りは恐怖じゃありません。疲れを癒やして心身の状態を整えます。どんな気持ちですか？」

「とても楽です」

と、イビキを中断して彼女は答えた。

「どこにいますか？」

閉じた瞼《まぶた》が動いている。首も微かに動かして、彼女は言った。

「白い場所です」

「誰かいますか」

「誰もいません」

「それなら安全ですね。少し眠って。深く……深く……」

大きく息を吸い込んで、胸がふくらみ、彼女は再びイビキをかいた。

その間わずか数秒のことだ。

フロイトは首が落ちないよう項《うなじ》に手を当て、彼女の腕に目を落とす。腕のリストバンドは小さな窓に心拍数が表示されている。その数値は六十四。リラックス状態だ。

「少し休ませてあげましょう。ストレスを解放させます」

フロイトが板垣に言ったときだった。あかねは山田の微かな変化に気がついた。

「教授、山田さんの様子が変です」

さっきまでダラリと下げたままだった彼女の手が、ピクリ、ピクリと動いているのだ。心拍数も徐々に上がって、苦悶《くもん》の表情が現れた。

フロイトは視線であかねに騒がないようにと言った。

「山田さん」

と、呼びかける。彼女は荒い呼吸を漏らした。

「どうしましたか？」

「あれが……」

と、彼女は小さく言った。

「来るわ。あれが」

「あれとはなんです」

「声がする……泣いている……あ……」

そして彼女は唸り始めた。

「ううううう……ひゅーうぅうぅうぅ……ううううう」

フロイトとあかねは視線を交わした。リストバンドの心拍数は百三十を超えている。

「板垣さん、この声ですか」

フロイトは板垣に訊いた。

「夜間に聞こえるのはこの声ですか」

「はあ。かなり近いと思います」

「山田さん、誰が泣いているんですか」

山田はイヤイヤをするように首を振り、両手で椅子の肘掛けを摑んだ。

「こっちへ戻そう」

フロイトは言い、山田の額に手を置いた。

「三つ数えるとあなたは……」

その時だった。

山田はカッと目を見開いて、時計仕掛けの人形よろしく首を振り、脇に跪《ひざまず》いていたあかねの顔を射貫《いぬ》くように睨んだ。瞳孔が開いているのか眼球の奥まで見通せるような瞳に、自分の驚愕《きょうがく》した顔が映っている。山田がフロイトの制止を振り切ってあかねに襲いかかったとき、フロイトがあかねの前に滑り込み、吐き出される呪いの言葉に晒された。

「おまえだ。次はオマエの番だ！」

「ひええ」

あかねは咄嗟《とっさ》に顔を隠して、フロイトと山田と一緒に床に倒れた。一瞬だけフロイトの体重を感じて呼吸が止まり、次に気がつくと、目の前でフロイトが彼女を抱きとめていた。

「大丈夫？」

フロイトはあかねに訊ね、あかねが頷くのを確認してから山田の脇に腕を差し込み、一度立たせて、再び椅子に座らせた。

額と肩に手を添えて、何事もなかったかのような声で言う。

「三つ数えるとあなたはこちらへ戻って来ます。悪夢のことはすべて忘れて、長くゆっくり眠ったあとと同じく、気持ちがスッキリしています。もう怖い夢を見ることはない。わかりましたね?」

トランス状態のまま彼女は頷く。口元には笑みさえ浮かんでいる。

あかねはまだ床に尻餅をついていた。たったいま目の前で起こったことと、その瞬間に見た彼女の顔の異様さを、どう理解していいかわからない。フロイトが手を叩く。

「いち、に、さん!」

瞬時に彼女の腕を取り、力を込めて上下に振った。

山田は覚醒し、椅子の上で体を起こした。

デスクで驚愕する板垣に視線を送って、フロイトは山田に訊ねた。

「どうですか。今はどんな気持ちです?」

山田は周囲に視線を移し、自分がどこにいるのか確かめた。

「どんな……とてもスッキリしています」

そして大きなあくびをした。

「やだ、私ったら、失礼しました」

「いいんです。それならよかった」

フロイトは微笑んだ。

「リストバンドは外さずにいてください。しばらくデータを取らせていただきたいです」

山田は自分の腕を見て、それからフロイトを見上げて言った。

「かまいません」

「概《おおむ》ね一週間程度で回収します。そのときはお電話しますので」

「山田さん。気分はどうです？」

と、板垣も訊いた。

「気分は、いいです。憑物《つきもの》が取れた感じというか」

板垣はフロイトと視線を交わし、

「それはよかった。では、もう仕事に戻ってください」と言う。

入ってきたときとは打って変わった軽い足取りで、彼女は部屋を出て行った。

そのときにはあかねも立ち上がっていた。ドアが閉まると板垣が訊く。

「あれで治ったんですか？」

フロイトは中指でロイドメガネを持ち上げた。

「わかりません。データを受信しますので、異変があればお知らせしますし、ぼくも様子を見に来ます」

「でも教授……さっき山田さんは……」

あかねはまだ心臓がドキドキしていた。何を見たのか言葉にすれば、山田という相談員の中に本人ではない邪悪な何かを見たというのが一番近い。そう。それはまるでホラー映画で観《み》る悪魔憑きのシーンにそっくりだった。

「助手の人の言う通り、私もあれには驚きました。石坂くんや服部さんにもあんなことが起きていたなら、呪いとか暗示とか関係なく夢に見て、うなされそうな気はしますがね」

フロイトは板垣を振り返り、「確かにね」と、頷いた。

「恐怖で一瞬のうちに暗示がかかってしまう可能性はあります。でもそれは感染ではなく暗示です。瞬時に理解できないことが起きると、人はその記憶を脳にストックします。そして睡眠時に思考の整理を行うんです。それを悪夢と解釈する可能性はありますね」

「ああ、なるほど」

板垣は頷いてから、それでもやっぱり不思議だという顔をした。

「ひと晩で処理しきれないほど、その、なんというか、トラウマになって毎晩怖い夢を見るんでしょうか。それにやっぱり変なのは、山田先生も石坂くんも、亡くなった服部さんもですが、他人様《ひとさま》にあんなことを言うような性格じゃないです」

「そうですね。主観的に言って、ぼくもあの瞬間の山田さんは、ちょっと違っていると思いました」

フロイトは椅子とテーブルを元の位置に戻しながら、

「申し訳ないのですが、施設の中を見せていただけないでしょうか」

と、板垣に頼んだ。

「参考までに内部の雰囲気を知りたいのです」

かまいませんよと板垣は立ち上がり、

「新規入居者のご家族を案内する感じで行きましょう」

と、フロイトに言った。

畳んだ白衣といただいたペットボトルのお茶をしっかり車に乗せてから、あかねたちは改めて正面玄関を通って入場した。利用者やその家族が使うスペースは土足厳禁のスリッパ履きと定められていたからだ。

一見するとアパートのようだった『茶の香』は、二階建てながら奥へと広がる施設であった。終末を迎える人や、終末までの何ヶ月かを家族と暮らす人たちがいる棟と、老後の生活をここで送る人たちの棟、施設にはA棟とB棟があって、駐車場に近いのは終末期の患者が使うB棟だった。

フロイトの予測通りにA棟は庭付きで、裏側が安全な歩道に隣接している造りであった。施設内は機能重視で殺風景な感じだが、医療福祉施設とはたぶんこういうものなのだろう。建物はまだ新しくて、古病院のような不気味さもなく、雰囲気から恐怖や不安を感じるということもない。個室同士は独立していて、共有スペースも病院のラウンジのようだった。

最初にうなされたという男性の部屋も、その隣の部屋も、取り立てて異様な感じはなかった。スタッフの対応も温かく、何人か見かけた利用者の表情も特に暗いということもない。かといって、明るいわけでもないないなとあかねは思った。

人生の最期を迎えようという人たちだから、ご家族の心境も複雑だろう。いつかお祖父ちゃんやお祖母ちゃんにその時が来て、こうした施設に入ったならば、毎日お見舞いに来てあげたい。でも本当はそんなときが来なければいい。時間は流れていくものので、取り戻すことはできないんだなと、そんなことまで考えてしまう。

一通り施設を見学すると、フロイトは板垣に礼を言って建物を出た。何かわかったら連絡するし、山田に着けた装置を回収するためにまた来るので、遅くともその時に報告をしますと告げた。

車に乗ってエンジンがかかり、フロイトが駐車場を出たときに、あかねは初めてこう言った。

「あの……催眠術がかかったときの、山田さんの顔なんですけど」

フロイトはハンドルを握ったままで器用にペットボトルの封を切り、ひと口飲んで言う。

「ああ。怖かったよね」

そしてあかねに微笑んだ。

「倒れてどこか打ったとかない？」

「大丈夫です。でも、あれって何だったたんですか」

「何だったとは？」

あかねも自分のお茶を飲み、あの一瞬に感じたことを頭の中で整理した。

「あのときの山田さん……なんか、本人と思えなくって……ヲタ森さんじゃないけれど、ホラー映画を生で見ているようでした」

フロイトは前を向いたまま、あかねが先を続けるのを待っている。

「教授はそう思いませんでしたか？　っていうか、あのときどうして私を庇《かば》ってくれたんですか」

そしてあかねは気がついた。

「え、もしかして……あのとき山田さんは、私に悪夢をうつそうとしたってことですか？　そういえば、『次はオマエだ』って聞こえたような……」

「おまえだ。次はオマエの番だ。彼女はそう言ったんだよ」

「ひええ」と、あかねは戦慄した。

「やっぱりそうですよね？　そう言いましたよね？　それまで気持ちよさそうだったのに、どうして」

フロイトはチラリと振り向いた。やや吊《つ》り気味で大きな目が、深刻そうに光って見えた。あかねはさらに戦《おのの》いて、思ったことを口に出さずに呑み込んだ。

——まさか、あれで教授が悪夢に感染したんじゃ——

自分の考えに恐怖して、そのまま何も言えなくなる。

うそ、そんなのウソだ。え？　でも本当だったらどうしたら？

フロントガラスを行き過ぎる景色が視界の両側へ分かれて消える。自分が見ている世界とそうでない世界。あるかどうかもわからない世界が背中合わせで存在しているかのような、不穏な気配を感じてしまう。あかねは懸命に言葉を探し、しばらくしてからこう訊いた。

「あのときの山田さんの目……見ましたか？」

「見た。あかねくんはどう感じたかい？」

答えを探してペットボトルを両手で握る。思い出すだけでも怖い。それほど異様な目をしていた。

「瞳孔が開く……って、実際にどうなるのか見たことないんですけど、あの一瞬がスローモーションのように感じて、私、山田さんの目の真ん中が、真っ暗な穴みたいに見えたんです。表情もですけど、その穴の向こうから山田さんじゃない人が私を見ているような感じがして……だから……ええと……」

つまりはとても怖かったです。と、あかねは言った。フロイトは頷いた。

「あの目と、ふいに襲って来た感じ、あとは声。凄まじいインパクトだったね」

「そうですそうです。怖かったです。まだ怖いですもん、あれは本当に……私も夢に見そうです」

ちょっと笑って欲しかったのに、フロイトはニコリともせずに何か考えているようだった。

「山田さんはもう怖い夢を見ないでしょうか」

「そうなって欲しいが、まだわからない。あれで悪意がこっちへ来てくれたらいいけどね」

フロイトは悪夢と言わずに悪意と言った。

その通りだとあかねは思った。あのとき間近に見たものは、悪夢ではなく、山田という人物でもなく、悪意そのもの、そう表現するしかないものだった。

次はおまえだ。おまえを殺す。

言葉より前に、目が、もう、そう言っていた。

瞳の奥に見えた何かは、純粋な殺意だったのだ。

4　フロイトが悪夢に感染する

　二月も半ばを過ぎると、お天気のいい日とそうでない日の気温差が目まぐるしくなる。昔の人はそれを『三寒四温』と呼んで、春が近づく徴《しるし》と捉えたと、いつか学長が話してくれた。

　茶の香から戻ると駐車場に車を止めて、フロイトが鍵を返してくるあいだ、あかねは機材の番をしながら学内に植えられた木を眺めていた。枝ばっかりで葉っぱはないのに、枝先がほんのり赤みを帯びて、新芽を吹く準備が始まっている。庭園では地味な種類の梅がもう咲いていて、空気を吸い込むと冬と春の匂いを混ざって感じ、でも、まだ冬が勝っていた。

　四年前、ここへ入学してくる前の自分を思い出してみる。期待と不安のうち、実際は不安のほうが多かった。十八年暮らした我が家を出て行くのだと考えたとき、親たちが寂しそうにしていないことが不満だった。出て行くと決めたのは自分なのに、生活が変わることに不安を感じているのが自分だけなのも不思議だった。学生寮で迎えた初めての朝、目を開けたら部屋の景色が違って一瞬混乱したことも、すぐ友だちを作らなくちゃと思ったことも、今日からは違う自分になってもいいんだと思ったことも、なんだかすごく懐かしい。

「四年間もあったんだなあ」

あかねは自分に呟いた。高校を出たら大学へ行くものと思っていた。ただ行くものと考えていた。そうしてここへやって来て、女子大生を四年もやった。バカみたい。ホントに私、バカだったなあ。

卒業論文を仕上げよう。

と、あかねは自分に頷いた。単位が足りなくて、夢化学研究所にお助けされて、でも、あの時ようやく本物の大学生活が始まった気がする。信じられない体験ばかりしたけれど、二十二年の人生のうち、最も濃厚で、最も心が動く日々だった。夢の研究、面白かったな……ヲタ森さんもフロイト教授も大好きだったな……もっと一緒に研究をしていたかったなあ。ふう。と溜息を吐いたとき、

「お待たせ」

と、声がして、フロイトが戻ってきた。防寒着代わりに白衣をひっかけたフロイトは、機材の箱を持ち上げて研究所へと運んで行く。箱は、頑張ればあかね一人でも運

べるのだけど、フロイトはけっこう紳士なのだ。あかねは自分のリュックを下げて、フロイトと一緒に駐車場を出る。

「もう梅が咲いたんだね」

と、フロイトは言った。

「おばちゃん食堂の梅干しって、ここの梅で作るんですよね」

「あれは豊後《ぶんご》系だから、花はもっと遅いと思うな。今咲いているのは野梅《やばい》系で、花は地味でも香りが強いんだ。枝も細くて花も葉も小さくて、原種に近い種類だね」

「教授は植物にも詳しいんですね」

「学長の受け売りだよ」

立派な研究棟が並ぶあたりを通って回廊のほうへと向かう。広大な庭では噴水が銀の水を噴き上げていて、周囲で日向《ひなた》ぼっこをしている学生もいる。噴水の隣のバラ園で麦わら帽子が見え隠れして、学長が何人かの庭師と一緒にバラの蔓《つる》を誘引していた。

「あっ、学長ですよ」

あかねはフロイトにそう言って、走ってバラ園に入っていった。

「伊集院学長、お疲れ様です!」

本当は、言いたかった。学長の講義を熱心にとっていたヲタ森さんに、企業からオファーがあったんです。いい話だと思うけど、ヲタ森さんは腰が退《ひ》けているんです。

けれどヲタ森から口止めされているので黙っていた。

「おお。きみかね」

伊集院学長は園芸用の革手袋をした手で、麦わら帽子をちょいと持ち上げた。緑なしメガネの奥の目は左右の大きさがひどく違って、左目が小さく右目が大きい。最初は少し驚いたけど、今ではとても素敵な目だと思う。大きな右目を細めると、学長は、

「風路くんも一緒なんだね」

と、あかねに言った。

「はい。調査依頼が来て、現地へ行った帰りなんです」

「ほう」

と、話している間にフロイトが来て、箱を抱いたまま会釈した。

学長はフロイトに言う。

「夢化学研究所も次第にメジャーになりつつあるな。きみも忙しくなって大変だろう」

「いえ。まだこの程度では」

フロイトはそれだけ言って先へ行く。あかねも慌ててお辞儀した。

「では。失礼します」

「ああ、ちょっと、きみ」

呼び止められたので振り向いた。

学長は、「よっこらせ」と腰を伸ばして、麦わら帽子の下から微笑んだ。

「卒論は夢についてのようだねえ？　けっこうな注目を集めているよ」

「……ほんとうですか……」

嬉しいというよりプレッシャーを感じた。学長はニタリと笑った。

「頑張りたまえ。私も『お助け』した甲斐《かい》がある」

あかねは少しずつ後ずさりながら、離れた位置から再度ペコリと頭を下げると、一目散にフロイトのあとを追いかけた。

回廊に入ったとき、前を行くフロイトに追いついて訊く。

「何を考えているんですか？」

前を向いたままフロイトは、「どうして？」と聞き返す。

「だって、なんだか明らかに様子がおかしく見えるから」

本当にそう思っていた。茶の香で催眠術をやってから、フロイトは心ここにあらずという感じがするのだ。あかねはサッと距離を詰め、脇から見上げてこう言った。

「あれがそうだと思ってるんですね？　茶の香で起きていることが、教授の探していた悪夢だと」

フロイトは足を止めてあかねを見下ろす。

ロイドメガネの奥の目は、見つめ合うとゾクリとするほど澄んでいる。悪意の瞳とは正反対で、だからこそあかねに不安が募る。施設で感じたのが悪意なら、フロイトのそれは覚悟だからだ。

「……違うんですか」

あかねは独り言のように呟いた。フロイトは視線を逸《そ》らさずに、誠実な声で言う。

「たぶん間違いないと思うんだ。理屈ではなく、直感で」

水を浴びせられたように体が冷えた。全身の血液が地面に吸い取られていって、それを取り戻そうと鼓動が早まる感じというか、どうしていいかわからないのにどうにかしなくちゃいけないことだけわかるというか、明日が試験日なのに頭に何も入っていないというか。とにかくあかねはいたたまれなくなって、両手ではっしとフロイトの腕を掴んだ。フロイトは驚き、澄んだ瞳がキョトンとした目に変わった。

「大丈夫ですっ！　教授には私とヲタ森さんがついてます！　あと、卯田さんものけ者にしちゃかわいそうだと思ったから、姫香の名前も付け足した。

フロイトは破顔して、

「……ありがとう」

と、苦笑した。

「いや、怖《お》じ気《け》づいてるわけじゃないんだ。むしろ昂揚《こうよう》してるというか、自分でもよくわからないけど武者震いというか、なんだろう……この感じ……」

一瞬だけ白い歯を見せて、また考えてから、

「頭の中がすごいスピードで動いてるんだよ。だから言葉が出ないんだ。心配させて悪かったね」

「そうなんですか?」

あかねは脱力し、想《おも》いを込めて握っていたフロイトの腕を放した。

「私はまた、てっきり教授が悪夢に感染しちゃったのかと」

「感染したよ」

と、フロイトは言った。爽やかに。

「え」

「山田さんからぼくへ悪意がうつった。『それ』が同時に複数人に作用を及ぼすかどうかはわからない。ただ、施設で亡くなった全員が、悪夢に直接殺されたわけではないかもしれない。そもそも終末期の患者さんが多いし、人は体の状態によって精神が大きく影響を受けるしね。健康な二十代の若者だけを集めた睡眠実験でさえ、塚田翠くんのうなり声が睡眠に悪影響を与えたのだから」

そしてフロイトは歩き出す。

「感染して、いいんですか? それって私のせいじゃないですか?」

「あかねくんを咄嗟に庇ったのは間違いないけど、ぼくにとってはラッキーだったわけだから、あかねくんが気に病むことはない。あかねくんを守るのは所長として当然だしね」

「でも、ラッキーって」

フロイトは笑顔で振り返り、

「ぼく自身を被験者にできるじゃないか」と、言った。

「脳波計を着けて、ぼくの頭から夢を映像にして引っ張り出せる。悪夢を見てうなされる人は、怖い夢を見たことしか覚えていない。心臓がつぶれる感じがすると答えているのに、どんな夢を見てそうなったのかわかってないんだ。でも、このあとぼくが悪夢を見れば、少なくともそれがどんな夢だったのかがわかる。映像を持たない恐怖なのか、もしくは物理的に心臓に負担がかかるのか。彼らがなぜ薬の服用を避けてまで、夢から逃れようとしたのかも」

「だって、もし、それで教授が殺されちゃったら」

あかねはそれが心配なのだ。

「その悪夢を見て助かった人っているんですか」

「いないからぼくが研究している。でも、全員が死んだとも断言できない。そもそもそれが同じ悪夢か、検証する術《すべ》がないわけだから。ただ、さっきも言ったように直感でこれがその悪夢だと思うんだ。患者さんから感染し、最初に父が、続いて母が死んだ夢。祖父が生涯をかけて探し求めていた悪夢。正真正銘のナイトメアだよ」

「……えー……」

あかねは怖くて足が止まった。先へ行くフロイトの後ろ姿が、回廊の奥へ呑み込まれていくようだ。

――たかが夢、されど夢。心拍数を異常に上げて人を殺す夢まであるんだ――

出会った頃のフロイトの、憂いを含んだ眼差しを思い出す。私たち、私と教授とヲタ森さんは、とうとうそれと対峙《たいじ》するんだ……あ、卯田さんも、か。

姫香の分だけ付け足しながら、あかねはフロイトが言うところの武者震いというものを感じた。

回廊の切れ間にさしかかったときには太陽が傾き始めていた。

真冬の頃よりは日が長くなったかもしれないが、寒さのせいもあって午後三時を過ぎると心細さが募ってくる。箱入りの機材をカチャカチャ言わせながら、フロイトとあかねは森を進んだ。

今では意識的に白衣の幽霊を探してしまうが、相手はそう都合よく現れてくれるわけではない。森は静まりかえって、斜めになった日射《ひざ》しが色褪《いろあ》せたクマザサを金色に照らしている。雪解けで地面が湿って、そこに足跡がいくつか見える。いずれも研究所に出入りしている少人数の足跡で、間隔の広いのがヲタ森のスリッポンだと思う。

前方にプレハブ小屋が見えてきたとき、あかねは小屋の通風口から湯気のようなものが上がっているのに気がついた。ヤブヤブ森に出現した『小さいお家《うち》』みたいで愛おしい。フロイトは箱を抱えているので、先に行ってドアをノックした。

「はあーい」

と、答える声には聞き覚えがなくて、あかねはノブを握ってためらった。ヲタ森の声ではないし、姫香の声とも違う。誰だろうと考えているとき、

「どうぞー」

と、研究所のドアが開いた。中にいたのはタエちゃんだった。

タエちゃんは伊集院学長の大学の先輩で、学食の『おばちゃん食堂』の運営者だ。小柄で、愛嬌《あいきょう》のある丸顔で、弓形の眉に切れ長の目をしている。普段は三角巾を被っているが、それを外すと豊かな白髪で、クルクルウェーブがよく似合っている。

「お帰りなさい」

と、タエちゃんは、ドアを開け放ってフロイトとあかねを手招いた。この時季はヤブ蚊がいないので、ドアの開閉が多少遅くてもヲタ森は文句を言わない。ストーブの熱が逃げるとブックサ言う程度である。

「タエちゃん。珍しいね、どうしたの」

フロイトが先に入って機材の箱をテーブルに載せ、あかねが入口のドアを閉めると、室内のダルマストーブでお湯がコポコポ沸いていた。さっき見えたのはこの湯気だ。よくヲタ森が黙っていたなと壁際を見ると、彼は機材を置いた長テーブルに姫香と並んで座っていた。

「おかえりなさい。どうだった？」

姫香は振り向いて訊いたけど、ヲタ森はこちらを見もしない。

あかねが使うテーブルにはお盆があって、上に紙コップと紅茶のパックと、焼きっぱなしの細長いケーキが載せられていた。

「あっ、ケーキ！」

目敏《めざと》く見つけてあかねが言うと、姫香が立ってきて解説をした。

「おばちゃん食堂の差し入れだって」

「フロイトとペコが来るまで待ちましょうって言われてお預け食らっていたんだよ」

ヲタ森はキーを打ちながら文句を言った。

「預けて帰ると先生がくる前に終わっちゃうでしょ？　だからお湯を沸かして待っていたのよ」

「わあすごい、ケーキだケーキ……自家製ですよね」

あかねは白衣をハンガーに掛け、早速シンクで手を洗う。ヲタ森がパンツを洗うシンクだけれど、あれで潔癖症なので、いつもピカピカに磨かれている。

「明日から食堂で出そうと思って試作品を三本焼いたの。でも、これだけ少しだけ焦げちゃったから、感想を聞こうと思って差し入れにね」

「焦げてても、しょっぱくても甘くても、おばちゃん食堂のなら大歓迎だけどな。なんで梅干しは焦げないんだろう……焦げればいいのに」

ブックサ言いながらヲタ森はようやく振り向くと、フロイトの顔を見て眉をひそめた。

「何かあったんですか？」

フロイトはチラリとタエちゃんに目をやってから、

「いや。大丈夫だ。何もない」

とだけ言った。ヲタ森はその目をあかねに向けたが、あかねが咄嗟に視線を逸らすと（はは あ）という顔をした。

「あなた。紅茶を淹れてもらえるかしら」

タエちゃんはケーキを人数分にカットしながら、姫香にお茶を淹れさせた。

「ポットがないのは残念だけど、香りを逃がさないためにはお皿で蓋をすれば大丈夫。ティーバッグは揺らさないこと。そのまま一分待つだけでいいのよ」

「そうなの？　揺らさなきゃ最後まで抽出できないでしょ。もったいないじゃない」

　不満そうに姫香が言うと、タエちゃんは悪戯《いたずら》っぽい顔で笑った。

「だまされたと思ってやってごらんなさい。ビックリするほどおいしいから。茶葉を揺らすとえぐみや渋みの成分まで抽出されてしまうのよ。お茶は一番おいしいところを飲まないと」

「へー」

　と、姫香は気怠《けだる》く言って、けれど忠実にお湯を注いだ。

　タエちゃんのケーキは全体的に薄茶色をしていて、ナイフを入れるとカラメルとシナモンの香りがした。ナッツと干しぶどうとオレンジの皮が入っているのが見えたけど、おばちゃん食堂では食べたことがない。フロイトもハンカチで手を拭きながら戻ってくると、タエちゃんのケーキを覗き込み、

「おいしそうだね」

　と言った。

「もちろんよ。この研究室は人がいないから、少しだけ余ったときに持って来られて重宝ね」

「人がいないって……まあ、そうだけど」

「わかってないなあ。そこが一番重要なのに」

ヲタ森が近くに来て、

「オレのは大きめに切ってくれないかなあ」

と、タエちゃんに言う。タエちゃんは端っこの部分を少し大きく切り分けた。

「一分経った」

と、姫香が言う。蓋にしていたお皿を外してティーバッグを出してから、タエちゃんはケーキをみんなに配ってくれた。自分の分もしっかり取ると、紅茶のカップを手にしてパイプ椅子に腰掛け、

「お茶にしましょう」

と、ニッコリ笑った。研究所にはフォークがないから全員が手づかみだ。それぞれが思い思いの席に掛け、頂いたケーキをパクリと頬張る。フルーツとシナモンとカラメルの優しい甘さが広がった。

「ふぁ、おいひいでふ。これ、何のケーキれふか」

あかねは続いて紅茶を啜《すす》り、またも、

「ふぁ！」

と小さく叫んだ。

「卯田さん、紅茶、メチャウマなんですけど」

「あらホント。味ってこんなに変わるわけ？」

姫香は眉間に皺を寄せて考えている。タエちゃんはと言えば、お上品にケーキをたしなみながら、フロイトの顔を窺《うかが》っていた。

「うめーなこれ！　なんでこんなにしっとりしてんの？　うわ、端っこウマ！　オレはこの、焦げたところも好きだけどな」

ヲタ森は上機嫌だが、フロイトはケーキを怖々口に運ぶと、咀嚼《そしゃく》してから紅茶を飲んだ。

「タエちゃん……この味……」

その表情が歯痛に悩む人みたいだったので、タエちゃんは口を覆った。

「あらやだ、わかるの？　先生の野菜嫌いは重症だわね」

「ケーキ自体はおいしいんだけど、奥〜のほうに少しだけニンジンがいるような」

あはは、とタエちゃんは大笑いして、

「そりゃニンジンのケーキですもの」と白状した。

「ふぁ、これってキャロットケーキなんれふか？　ニンジンの味なんかしまふか」

「オレはニンジンむしろ好き」

「微かにするけど、おいしいじゃない」

「雪中ニンジンといって、雪室《ゆきむろ》に寝かせて甘さが増したニンジンを使っているのよ。いろいろと工夫を凝らして、ニンジン嫌いな人にも食べて欲しいと思って作ったんだけど」

「あー……だからフロイトで試したかったのか——」

と、ヲタ森はフロイトを見て訊いた。

「——残すんですか？　残すならオレが食べますよ」

「いや……せっかくだから頂くよ。タエちゃんが一生懸命焼いたんだから」

フロイトはときおり目を白黒させながら、出がらし紅茶をおかわりまでしてケーキを食べた。こんなにおいしいのに、と思いつつ、あかねも食べ終わる頃には微かなニンジン風味を感じた。

「カラメルとシナモンが効いてるから、ニンジン臭さはそんなにしなくて、むしろ普通のケーキよりしっとりしていておいしかったです」

「ニンジンの水分がケーキをしっとりさせるのよ。でも、先生は目を白黒させていたから、明日は表面にメープルシロップを塗ってみることにするわ。細長い人も焦げ目がおいしいと言ってくれたし」

「焦げは全然気にならないよ。オレなら迷わず端っこを取るな」

「そう？　じゃ、両端は切り落とさなくてもいいかしら」

「あー……切り落としてここへ廃棄してくれるのが一番いいけど」

ヲタ森の言葉にタエちゃんは笑った。

「細長い人もたまには食堂へいらっしゃい。ゆで卵ばっかりだと栄養が偏るわ」

「学食への移動時間がもったいない」

「あらら。若い人でも時間はもったいないのねえ」

タエちゃんは首をすくめて立ち上がり、あかねの顔をじっと見た。

「あなたは無事に卒業できそう？」

「あ、はい。卒論を頑張っているのであと少しです」

「そう。寂しくなるけど、たまに思い出したら食べにいらっしゃい」

あかねは下唇を突き出した。

「そんなふうに言わないでくださいよ……本気で寂しくなるじゃないですか」

あーらあら。と、タエちゃんは言って、パイプ椅子の背もたれにかけていたコートを羽織った。

「それじゃ先生、お邪魔さま。ニンジン嫌いでも残さず食べれてよかったわ」

ドアを開け「うわあ、寒い」と言いながら帰って行く。その後ろ姿を見送りながら、

「人殺しでもあんな感じのお婆ちゃんにはなれるのねえ……キャロットケーキなんて焼いちゃってさ」

姫香はグビリと紅茶を飲んだ。

彼女の言葉はときどきチクリと人を刺す。フロイトが振り向いて、

「なんて言ったの」と、訊いた。

「あのおばちゃんが自分で白状したんだから。青春時代に人も殺した、恋人も失ったって」

前にタエちゃんがその話をしたとき、あかねも姫香のそばにいた。あれは姫香が自分のことを生まれつきの人殺しと思って悩んでいたとき。あかねは彼女をおばちゃん食堂に連れて行き、林檎《りんご》の甘煮を食べさせたのだ。

おばちゃんたちは笑いながら、自分たちにだって若い頃があったのよと話してくれた。自分たちの青春時代は学生運動の頃だったと。

――主義主張も、学問も、恋も、全てが命がけだったのよ。あの情熱はなんだったのか……内側から湧き上がってくるものに焼き尽くされてしまいそうだった。酔っていたのかもしれないけれど、追われるような気持ちでもあった。若かったのよ。私たちには自信とプライドしかなくて……恋もした……人も殺した……恋人を失った……人生も未来も失ったと思ったわ……でも、そうじゃなかった――

タエちゃんは確かに言った。人も殺した。恋人も失った。ビックリしすぎて聞き返すことができなかったけど、あかねも相当ショックを受けた。

「何かの比喩だったのかもしれないですよ。そうですよ」

あかねが言うと、フロイトがメガネを外して白衣の裾で拭きながら、

「比喩じゃないと思うよ」

と応えた。

「生まれる前のことで、ぼくも詳しく知らないけれど……タエちゃんたちの青春時代は全共闘運動など大学紛争の頃だったんだよ。戦後の学生運動は、大学の腐敗を糾弾し、学生の自治を求めるものとして始まったらしいけど、機動隊とのもみ合いで東大の女子学生が死亡したことがきっかけで、次第に組織化された闘争に変わっていったんだ。機動隊員が殺害されたり、警察官に死者や負傷者が出るなどして対立は激化、運動の波は全国に広がった。学生たちはバリケードを作って大学に立てこもり、主張を通そうとしたんだけれど、やがて内ゲバや内乱が起き、テロリスト集団が生まれるなどして支持を失い、終息していったと聞いている。この間に内部抗争などが生んだ死者は百名を超えると言ったかな」

「それをタエちゃんがやったんですか」

と、あかねは訊いた。フロイトは否定も肯定もしなかった。

「タエちゃんが直接手を下したかどうかはわからない。たとえばバリケードの内側から投石をして、それが警察官に当たって死なせても、雨のように石が降ったら、誰が投げたものかわからないだろ？　でも、当たったのが自分の石じゃないから殺したのは自分じゃないと、タエちゃんなら言わないと思うんだ」

「ああ、だから……そうか……あれはそういうことだったのか」

あかねは思い出して、腑《ふ》に落ちた。

「だから学長が大学を創りたいと言ったとき、タエちゃんたちはみんなで協力することにしたんですね。きっと学長が言ったから、学長が創りたい大学を、自分たちも創りたいと思って」

「四十までは自分のために。そこから先は誰かのために。誰かのためにできる何かがあるかどうかが重要なのよね？　おばちゃんたちの弁によれば——」

と、姫香も言った。それもまた、あのときのタエちゃんの言葉であった。

「——つまりおばちゃんたちは、学生食堂で罪滅ぼしをしてるってわけね」

ヲタ森は不機嫌な顔で姫香を睨んだ。

「それを『罪』とか言っちゃうとこだぞ」

「悪い？」

「プリンスメルは利口ぶった阿呆《あほ》だな」

ヲタ森はそう吐き捨てて、自分のデスクに座ってしまった。

「なによあれ」

と、姫香はヲタ森ではなく、あかねに向かってブツクサ言った。

二月の日射しが、カーテンもブラインドもない窓を抜けてくる。紅茶を飲んだ紙コップとお皿を片付けて、きれいにテーブルも拭き終えて、あかねはコホンと咳払いした。フロイトが静かなのは、苦手なニンジンを食べたからじゃない。私たちはとても重大な局面にさしかかっているのだ。ヲタ森の何を手伝っているのか、壁際に並んだ機械の前へ戻っていく姫香とヲタ森の背中にあかねは言った。

「えー……あの。ケアハウス茶の香へ行って話を聞いてきたんですけど」

姫香はそのままデスクに座り、ヲタ森は振り返りもしなかった。

「それで、ですね。施設で起きてる現象は、フロイト教授が探していた悪夢が原因みたいなんですよっ」

語尾に力を込めたとき、ようやくヲタ森がマウスを動かすのをやめた。

フロイトが先を続ける。

「幸いにもぼくは感染した。と、思うんだ。だから今夜からここに泊まってデータを取る」

ヲタ森は無言で椅子をグルリと回し、怒ったような目でフロイトを見上げた。

「感染した？」

姫香もこちらを振り向いたけど、話が見えていないようでキョトンとしている。

ヲタ森は椅子を完全にフロイトに向けてまた訊いた。

「幸いにも感染したと言いましたか？　悪夢に？」

「そうだ」

「あの、あの……本当は私だったかもしれないんです。でもフロイト教授が身代わりに……」

ヲタ森は不機嫌極まりない顔で足を組み、納得がいかないというように腕まで組んだ。

「本当に『あの夢』なんですか」

「たぶん間違いない。ようやく尻尾を掴んだぞ」

「そうじゃなく」

鼻息荒く首の後ろをガリガリと掻く。

「装置一式持ってきましたよね？　オレが箱に入れて運んだんだから」

「心拍数カウンターなら相談員の人に着けてきましたよ。電話で報告したじゃないですか」

「ペコはちょっと黙ってて」

と、ヲタ森は冷たく言った。

「もう感染した人がいたんなら、そいつからデータ取ればいいでしょうが。それを、なんで、フロイトが、感染してきてるんですか、ってことですよっ」

「だからそれは私を庇って……」

「だからさ！」

ヲタ森は床に踏ん張って両手で髪をかき乱し、その手でバン！　と膝を叩いた。

「あれがどんなに危険な夢か、フロイトが一番よく知ってるんじゃないですか?!　なのに、幸い感染した？　いったいどうするつもりなんです。こっちはまだ何の準備もできてないのに」

ヲタ森がこんな怒りかたをするのは初めてだ。けれどあかねは彼の気持ちがよくわかる。心配したから怒っているんだ。私が教授の身を案じたように。

――その悪夢を見て助かった人っているんですか？――

――いないからぼくが研究している――

さっきの会話が脳裏を過《よ》ぎる。怒って当然だけど、でも、もう遅い。

「どーすんですか、フロイトの心臓が止まったら！　そのあと誰が悪夢から、罹《かか》った人を救うんですか！」

ヲタ森は叫び、

「教授に惚《ほ》れているってわけね」

と姫香がつぶやく。

「あのな」

と、ヲタ森は姫香を睨み、

「プリンスメルは知らないんだよ、フロイトの執念を。悪夢を退治しなきゃならない張本人が、脳を乗っ取られてどーすんの？　それでどうやって戦うの？　夢の正体がわかったとして、オレはCGヲタクだし、ペコは助手だし、あんたはまだ部外者で、フロイトがいなくちゃ研究すらできないんだぞ」

フロイトが応えるより前に、あかねはこう言っていた。

「だから、教授が殺される前に謎を解きましょう。私たちみんなで協力して」

「……どうやってだよ……まだ、やっと見つけたってとこじゃんか」

ヲタ森は絶望的な顔であかねを見上げた。

そしてがっくり首を落とした。

「えー……と、だから、それは……」

「ぼくらにだって武器はある。戦えると思うんだ」

と、フロイトが言う。

「もちろん、予想に反してあれが突然射程圏内に入ってきたのは確かだけど、こっちもただ手をこまねいてきたわけじゃない。夢のデータは相応にあり、研究も進んで脳波を直接画像に変換できつつある。ぼくのデータは蓄積済みだ。そうだろう？」

ヲタ森は顔も上げずに「そうですけどね」と、言った。

それが何の役に立つのかというように。

「施設で会った相談員の女性だけど、顔色を見たらひどかった。眠らないから死ぬかと問われれば、それは直接的要因ではないとして」

「むかし、タイムズスクエアのシースルースタジオで募金活動のDJをした人は、八日間眠らずに放送し続けたけど死んでないのよ？　不眠記録はそのあとで、カリフォルニアの十七歳の高校生が樹立した十一日間に破られた。けど、二人とも死んではいないから」

姫香が横から口を出す。

「たしかに睡眠不能が直接死因になるか検証できてない。でも、今の事例の二人は眠らないことに挑戦していたわけで、相談員の女性のように、眠れないことがストレスになっている場合とは違う」

「まあね。あたしは一例を示しただけよ」

フロイトは姫香に微笑んだ。

「姫香くんは、ここへ来るようになって夢について勉強したんだね」

姫香は少しだけ赤くなり、そっぽを向くと口を閉ざした。

「話を戻すと、状況からして彼女はもう限界だろうとぼくは思ったんだ」

「だから悪夢を引き受けてきたっていうんですか？　お人好《ひとよ》しにもほどが」

「そうじゃなく、教授は山田さんを楽にしようと催眠術を使ったんですよ」

あかねの言葉でヲタ森はようやく顔を上げた。

「その山田さんですけれど、介護士の人から悪夢をうつされたと信じていて、眠れないのに、夢を見てるときに起きられないと怖いからって、眠剤も飲もうとしなくって、だから教授は、『寝れば必ず怖い夢を見る』という暗示を解こうとしたんです」

「で？」

と、ヲタ森がフロイトに訊く。

「術はかかった。でもトランス状態になったとき」

「その人、私に襲いかかってきたんです。顔つきとかもぜんぜん変わっちゃって、声も怖くて」

「ホラーかよ」

「ホントにホラーだったんですって。思い出すだけで怖いですもん。あの目……真っ黒で、奥に別の世界があるみたいというか、なんか意識が別人っていうか」

「ちっともわからん。エクソシストか悪魔憑きｗ」

「ああそれ、それですってば」

あかねは考えながら付け足した。

「あれって、目を見ると術にかかっちゃうってことだったのかな。山田さんと目が合った瞬間、向こうの意識が流れ込んできたっていうか、なんかそんな感じだったんですよね」

「言い得て妙だとぼくは思うね。ぼくも彼女の瞳と真っ向から向き合った。そしていまあかねくんが言った通りのことを感じた。ぼくの意識とあちらの悪意にバイパスができたと直感したんだ。つまりはそれが感染だ」

ヲタ森は眉根を寄せて首を傾げた。

「フロイトのご両親が感染したときも、そんな感じだったんでしょうか」

「今となってはわからないけど、父から母への感染は、父の苦しむ様子を見ていたせいじゃないかと思う。父が母に呪いの言葉を吐くはずないから」

「呪いの言葉で感染するってわけなのね？」

と、姫香が訊いた。

「何人かはそうだったみたいですけど、全員がそうかというと、違ったみたいで」

「どっちなのよ。紛らわしいわね」

「ぼくの父は開業医で、患者から感染した。父が発症し、うなり声を毎晩聞かされていた母が、ある晩から同じ夢を見るようになる。なぜ同じ夢とわかるかというと、父と同じ時間、同じようにうなされて目が開くからだと母が答えた。祖父のノートに書かれているんだ」

「それでフロイトを寝室から離したんでしたよね」

フロイトは頷いた。

「施設でも、感染にはいくつかのパターンがあるようだ。ひとつは、悪夢に悩む人が誰かに接近して呪いの言葉を吐き、故意に感染させようとした場合。『次はおまえの番だ』というようにね。すると相手はその晩から悪夢に悩むようになる。もうひとつは今日の相談員のように、『死ぬかもしれない悪夢がある』ということを先ず知っていて、『自分も感染するかもしれない』と恐怖を抱いている場合。ある晩怖い夢を見て、これがそうかもしれないと思い、そこから感染の恐怖に戦き始める。もうひとつは……」

「塚田翠のケースですね」

と、ヲタ森が訊く。

「ひどくうなされている人物の近くで睡眠を取り、その人物のうなされる声を耳から聞いて恐怖を感じ、それによって悪夢を誘発される」

「それがぼくの両親のパターンだ」

「なるほどね」

と、ヲタ森は言った。

「そういうのって、文献とかには載っていないの？　夢を見るのは病気じゃないからかしら」

フロイトは中指でメガネを押し上げて言う。

「うん。ぼくも初めはパラソムニアの集団発症かとも思ったんだけど、今日、実際に施設を訪問してみたら、どうもそうではないようなんだ」

耳慣れない言葉を聞いて、姫香があかねを振り返る。

知らなかったのであかねも訊いた。

「パラなんとかって何ですか？」

フロイトは真面目な顔であかねを見つめた。

「パラソムニア。睡眠時随伴症といって、睡眠覚醒障害の一種だよ。塚田翠くんのナルコレプシーなんかは、良質な睡眠が取れないことで引き起こされる症状だけど、パラソムニアは睡眠中に起きる異常行動のことなんだ。今回施設で起こったように、『次はおまえだ』と、寝ていた人が誰かに襲いかかった場合でも、当の本人は睡眠を継続しているとかね。立って歩いたり、暴力を振るったり、大暴れすることもあるのに半覚醒状態というか、眠っているんだ。パラソムニアは学童期の子供に多いとされて、大抵は成長過程で自然治癒する。夢中遊行症とも呼ばれるね。

児童のパラソムニアはノンレム睡眠時に起きるとされ、別に夜驚症といって、突然飛び起きて叫んだり、怯えたりすることもあるんだよ。これだと悪夢が恐怖を誘引しているようにも見えて、今回のケースに近いだろ？　いずれの場合も、目を覚ましたとき本人がその間のことをほとんど覚えていないのが特徴で、今回のように『怖い夢を見たけれど、どんな夢かは覚えていない』という部分も当てはまる。

ただ、茶の香は高齢者の多い施設だから、これとは別にレム睡眠時のパラソムニアの可能性を疑った。こちらはパーキンソン病や認知症など、脳の病気が隠れていることがあるんだよ。レム睡眠時のパラソムニアは中高年以上の男性に多く、異常行動の途中でも起こせばきちんと目覚めることができるし、自分の状況も把握できる特徴がある。こちらのパラソムニアは、レム睡眠時に脳の活動を調整する中枢神経の筋肉などが衰える老化現象や機能不全が原因と考えられているんだ。血管障害とか、睡眠障害が誘発している可能性も否めない」

「でも、それは感染しないんですよね？」

ヲタ森が訊くと、

「そうなんだ」

と、フロイトは言った。

「相談員の女性の様子を直接見ても、他に症状が出た人たちの生活環境などを見ても、パラソムニアとは違うんじゃないかと思った。パラソムニアの患者は眠っているけど、施設の人たちは眠ることができない。そこでちょっと思ったのは」

フロイトはあかねに目を向けて、

「施設に行く前に、回廊であかねくんが面白いことを言ったよね？」

面白いことなんか言ったかなと、あかねが考えているうちに、フロイトは自分で答えた。

「幽霊森に出る祖父の幽霊を見ることができた自分たちなら、精神世界を共有して、お互いの夢を行き来できるのではないかと。たとえば母子の間では悪夢を共有することがあるとわかっている。母親が怖い夢を見ていると、子供も悲鳴を上げたので飛び起きたとか、子供のうなされる声で目を開けたとき、寸前まで自分も怖い夢を見ていたとか。これがもしもあかねくんの言うように、脳波のパターンに関係しているとするのなら、夢がうつる人とそうでない人がいて、ぼくらはうつる人のグループに属するのかもしれない」

「じゃあ、なんです？」

と、ヲタ森は再び腕を組み、顎に手を置いて考え始めた。

「今夜フロイトがここにいて悪夢にうなされたとき、オレも寝てたら感染するってことですか」

「可能性はある」

フロイトは笑った。

「え。って、そんなのダメですよっ！」

あかねは拳を握って言った。

「教授だけじゃなくヲタ森さんまで死んじゃったら」

「まだ死んでない死んでない」

ヲタ森は笑いながら手を左右に振ったが、あかねは必死だ。

「そうだけど、そしたらここが本物の幽霊森になってしまいます」

「そこ？」とヲタ森は苦笑して、

「いや、でも冗談じゃなく、どうすれば……」と、首を傾げた。

「だからいよいよ積み重ねてきた研究の出番だよ。ぼくの頭に電極をつないで、悪夢をモニターに引っ張り出すんだ」

「こわ……それでどうするんですか？」

「わかったわ。画像にして悪夢の正体を見ようっていうのね。面白そう」

姫香はワクワクして言った。

「あたし、バイト終わってから来てもいいよ。居酒屋バイトは十二時頃に終わるから」

「卯田さん、居酒屋でバイトしてるんですか？　あれって手取りいいですか」

「まあまあね」

「だー、かー、らー」

と、ヲタ森が二人を睨んだ。

「フロイトが生きるか死ぬかの話をしてるんだぞ？　真剣になれよ」

「はいそうでした。すみません」

「施設長の話によると、悪夢が発症してから亡くなるまでは概ね十日前後だったという。若い介護士の青年でも二週間程度だったらしい」

「それだと教授は卒業式まで保《も》たないわけね」

姫香の言葉にあかねは震え上がった。そして、

「私もここに泊まり込みます！」

と、宣言した。

「は？　バカなの？　この狭い部屋のどこに泊まるの？　オレの寝るスペースだってようやく確保してるってのに」

「テーブルの下でも椅子に座ったままでもいいです。どうせ卒論書いてるし、寝なくたって平気だし、それに私、もう、ホントに時間がないですから」

「時間ってなんの」

「夢科学研究所にいられる時間ですよっ。春休みなんですよ？　来月卒業しちゃうのに……」

「ていうか、ペコは卒業したくてここへ来たんじゃないの？　違うの？」

「……そうです……けど」

あかねは下唇を突き出した。

「フグみたいな顔すんなって。おもしろいから」

「ヲ、ヲタ森さんはっ」

立ち上がってヲタ森をビシバシ叩いているとき、苦笑交じりにフロイトは言った。

「二人で協力してくれるなら、ぼくとしてはありがたいけどね」

「あら？　あたしはダメなの？　部外者だから？」

「きみは入学してからだ。夜中にここへ来るなんて、若い女の子だし危険だよ」

姫香は反論しようとしたが、フロイトが優しく両手を上げると、観念して呟いた。

「つまんないの」

「つまるつまらないの話じゃないから。だけどまあオレとしては、今日手伝ってもらえて助かったよ」

と、ヲタ森は珍しく姫香に礼を言ってから、フロイトに視線を移した。

「じつはですね。回廊でペコが言った話で、オレも閃いたことがあったんですよ。それで、二人が施設へ行っている間にプリンスメルに手伝ってもらって、仮説の検証をしてみたんですけど」

ちょっと見てもらえますか、と、ヲタ森はフロイトを壁際のパソコンへ手招いた。

自分は椅子に座ったままでゴロゴロと床を漕いでいく。

メールに返信がなかった理由は、姫香とそれをやっていたからだ。

ヲタ森のパソコンには、すごく細かい棒グラフのようなものが浮かんでいた。それらがレイヤー分けされて別の色を着けてある。間近で見ると棒グラフではなく折れ線グラフだ。あかねはそれに見覚えがあった。夢を頭から引っ張り出す実験で、自分たちが被験者となって記録した脳波データだ。ヲタ森はそれを一つの画像に集約して波形を比べていたらしい。

「ぼくらの脳波か」

と、フロイトが言った。

「そうです。本当にペコが言った通りか、調べたんですよ」

「これでどうして調べられるんですか？　私たちが夢を共有できるかどうか」

「だからペコは途中を端折《はしょ》りすぎ」

と、振り向きもせずにヲタ森が言う。

「説明すると、脳の働きは微弱電流というか、脳波が司《つかさど》っている。ここまではオケ？」

「オッケーです」

「そして脳波にはアルファ波とかベータ－波とか、色んな波形があるわけだ。オケ？」

「オッケーです」

「で、これが」

と、ヲタ森はカーソルの先で円を描いた。波形が激しく動いている箇所だ。

「○を丸と認識したときのペコの波形ね？」

「はい」

「んで、こっちが同じ状態のフロイトの波形。これがオレで、これがプリンスメルの波形」

「……なんか似てますね」

あかねは言った。ヲタ森の後ろに立って姫香が言う。

「他のデータも検証してみたの。そうしたら、色を認識する場合や、図形を見た場合にも、あたしたちの脳内では同じ脳波が、ほぼ同じような動きをしているとわかったの」

「すごーい！」

と大声で言ってから、あかねは人差し指で唇を押さえた。

「え、だから、どういうことですか？」

「オレたちは脳波の働きが似通ってるってこと」

「それはわかりますけど、似通っているとどうなるんですか」

フロイトが身を乗り出してモニターを覗き込み、グラフの一部を指して言った。

「バイパスか……つまり、テレパシー」

「ん？」

あかねは自分の頭に触った。

テレパシーって言葉は聞いたことがあるけれど、怪しい印象しか持っていない。SFマンガとかオカルト雑誌の、しかもけっこう古いやつで使われていた言葉じゃないっけ。それをフロイトが大真面目に呟いたので、へんてこりんな感じがするのだ。

「波形が近いと、どうしてテレパシーにつながるの？」

姫香が質問したので、あかねはちょっと安心した。話が見えていないのは自分だけじゃなかったんだ。

「脳の動きや伝達サインの波形が近いなら、たとえばぼくの脳とヲタ森の脳を入れ替えたとしても、ほとんど同じ命令が肉体に送られるということになるだろ？」

そう言われても具体的なイメージは浮かばない。

フロイトはモニターを見たままさらに言う。

「脳が発する電波をトランスで増幅、それを視覚視野に送ることで、目の見えない人に映像を見せる研究がされているんだよ。SFのようだと思うかもしれないけど、メカニズムが理解できれば机上の空論ではないとわかる。目で見たものは電気信号となって脳に伝わり、それが視覚として認識される。だから電気信号を送る機械を脳につなげば、理論上は眼球がなくても映像を認識できるというわけだ。こう考えると、決して荒唐無稽な話じゃないよね」

なんか難しいけど、あかねはとりあえず納得をした。

「それでいうなら、ヲタ森さんの電気信号を司る部分とフロイト教授の電気信号を司る部分を繋げたら、ヲタ森さんの考えがそのまま教授の頭に浮かぶということになっちゃいませんか？」

「それがテレパシーだよ。テレパシー、つまり精神感応は、身振り手振りや言語などを使わずに意思の疎通を行う能力のことだ。超能力やサイコトロニクスの研究は冷戦時代の旧ソ連で活発に行われていたし、一九七〇年代に米ソ間で起きた超能力兵器開発競争は有名だ。当時は超能力と聞けば黒魔術やオカルト的なイメージが強かったのかもしれないけれど、実は違う。体が脳波で動くなら、脳波を脳に送ることで、外側から体を動かしたり、情報そのものを伝えることができるということだよね？　それがテレパシーだ。こう考えるとわかりやすいかな。スマホで様々なデータが活用できるのと同じ。脳がスマホで、データが脳波、電波を電気信号とすれば、どうだろう」

「あー」

と、あかねは感心して言った。

「事実、現在はインターフェイスを経由して擬似的肉体を動かす研究も進んでいる。

電気信号で動かす義手や義足、ＡＩだって脳から切り離された思考の塊と言えなくもない。脳波についての研究報告は枝葉末節な感じが否めないけど、あかねくんが言ったようなことが起きている可能性はある。母子間で共有される悪夢なんかは悪夢だからうなされて顕著にわかるだけで、良い夢も共有しているかもしれないよ」

「母子は同じ夢を見るっていうの？」

「いつもとは言わないけれど、可能性はあると思うよ。お母さんと赤ちゃんはごく最近まで同じ体だったわけだしね」

「脳波も近いということかしら」

「母親の脳波が胎児に影響してたってことじゃね？」

「あー」

と、あかねはまたも感心して言った。

「で？　あたしたちの共感性を、どう使って悪夢と戦うの？」

「チームバトルですよね！」

拳を振ってあかねが言うと、姫香たちはキョトンとした顔をした。

「え、違うんですか？　てっきり……」

「や、違うとかの前にどういう意味だよ」

と、ヲタ森が訊く。

「みんなの脳波を一つにつないで、一緒にフロイト教授の夢に出てくる殺人者と戦うのかと」

「オンラインゲームかっ」

ヲタ森はやれやれというように目頭を揉んだ。

「今はまだ、ぼくらの脳波に似ている点があるとわかっただけで、同じ夢を見られるかはわかっていない。それに、もしもそんなことができたとしても、きみたちを危険な目には遭わせられない。悪夢のデータは安全に取って欲しいんだ。ヲタ森が言うようにここは狭いから、安眠枕の実験で使った介護福祉科棟を貸してもらおう。幸い今は春休みだし、あそこなら医学部の機材も借りられるから」

「わかりました。シャワーもあって浴室もあってオレはラッキー。もうここ、めっさ寒いんだよな」

「まだシンクをお風呂代わりに使ってたんですか、風邪引くのに」

あかねは眉をひそめて言った。

「また学長に借りを作るけど仕方がない」

「いいじゃないすか、そんくらい。ペコが来てからうちの研究所は大躍進だし」

「そうなの？」

と姫香が疑り深そうに振り向いたので、あかねは空笑《そら》いして頭を掻いた。大躍進させた記憶はないけど、ヲタ森は言った。

「ペコが来てからなんだよ。警察から協力依頼が来たり、スポンサーがついたりしたのは」

それは二つとも私のおかげじゃない。けれどあかねは黙っていた。

「ふーん……じゃ、明日からは、ここに来ても誰もいないのね」

姫香は少し寂しげに、自分のリュックを手に取った。

「そんなことないです、たぶんいます。夢サイトの管理もしなきゃだし、ヲタ森さんはどうせ自分の機械を使いたいんだし……他人のヤツだとダメらしいので」

俯いた姫香の口元に、微かな笑みが浮かんで消える。彼女はリュックを肩に掛けると、ニッコリ笑って耳のあたりで敬礼した。

「じゃ、あたし行くね。バイトあるし、真っ暗になったら幽霊が出るし」

窓の外は夕暮れで、森の影が濃くなっている。

それでも冬に向かうときの夕暮れとは違い、春の訪れを感じさせる軽快さがある。

姫香はガチャンとドアを開け、バタンと閉めて出ていった。

心なしか、いつもよりも弾んだ足取りだった。

恐ろしいことはその真夜中に起きた。

最初は平和だったのだ。未来世紀大学の介護福祉科棟はグランドを見下ろせる場所にあって、幽霊森からは少し遠い。夜間は食堂も閉まるので、あかねたちはコンビニで夕食を買い込み、介護実習用のベッドが並ぶ部屋に入った。

フロイトが探し求めていた悪夢を見つけたかもしれないと伝えると、学長はすぐに施設の使用許可を出してくれた。それどころか、夕方にあかねたちがカップ麺の夕食を摂《と》っているときに顔を出し、飲み物の差し入れまでしてくれた。一人一本とかじゃなく、レジ袋にはごっそりと、眠気覚まし用の飲み物が入っていた。伊集院学長はあかねに袋を渡して室内を見渡し、

「調子はどうかね？」

と、フロイトに訊いた。

その部屋は、普通の教室の三倍ほどの広さに介護用ベッドが二列になって並んでいる。ほかにも、ベッドから患者さんを下ろすための昇降機や車椅子などがある。安眠実験のときは部屋をカーテンで二つに区切り、男女の被験者を分けたのだけど、今回宿泊するのはあかねたちだけなので、カーテンもなくガランとしている。同じ階には入浴介助訓練用の設備もあるから、ヲタ森はやってくるなり湯船にお湯を張って、ちょっとした温泉気分を味わった。フロイトを案じてあんなに不機嫌だったのに、カッ

プ麺を食べるときにはケロッとしていた。教室にはサイドテーブルしかないので、寝具を汚さないよう、あかねたちは床に直接腰を下ろして夕食を食べていた。

「いろいろとありがとうございました」

と、食事の途中でフロイトは立ち上がり、

「もうちょっと早ければペコのカップ麺を分けてあげられたのに、すみません」

と、ヲタ森は言った。

「なんで私のカップ麺なんですか」

あかねはカレーヌードルを抱きしめた。

「なんでって、体の大きさからしてもペコのを分けるのが順当だろ。体積あたりの栄養分を換算すると」

「ヲタ森さんは服で膨らんでいるだけで、体積ないじゃないですか」

「いや、私はいいよ。帰って食事するからね。こちらを気にせず食べなさい。麺がのびてしまうから」

学長は言って、フロイトの近くへ寄った。

「きみの体調を案じてるんだよ。まあ、ニンジンケーキを食べたなら、今は元気百倍だろうが」

「タエちゃんの差し入れ、お聞きになったんですね。あれは正直――」

フロイトは苦笑した。

「――少し拷問でしたけど」

学長は「ほっほ」と、声を上げて笑った。

「きみは知らんだろうが、聡一郎《そういちろう》くんもニンジンとピーマンがダメでねえ。まあ、あの頃のニンジンは、今のよりずっと匂いが強かったがね」

聡一郎というのは、たぶんフロイトのお祖父さんの名前だ。学長が食べていいと言ったので、カレースープを吸い込んで次第に存在感を増してくる麺をあかねは啜った。おばちゃん食堂の料理もおいしいけれど、ジャンクフードには欲求を満たす魔力があって、ときどき無性に食べたくなる。

「実験に危険はないんだろうね？」

学長は軽い感じで訊いたけど、つまりはそれを確認に来たのだな、とあかねは思う。

「森本くんと城崎さんにはデータの収集と、万が一のときにぼくを起こしてもらう役をお願いします。ぼくのベッドは一番奥に、二人と離しておくつもりですので」

左右の大きさが違う目で、学長はチラリとあかねたちを窺った。

二人の間に危険とは別の過ちが起きるのではと勘ぐったのかもしれないけれど、ひたすら麺をかっこむヲタ森と、もぐもぐとカレーヌードルを咀嚼しているあかねを見ると、学長はすぐに目を逸らしてしまった。

「念の為《ため》に伝えておくが、何かあった場合は救急車を呼ぶより隣の大学病院へ飛び込んだほうが早いからね。夜間は救急外来でブザーを押せば対応できる。よもやそんなことにはならないと思うが」

「はい。ご迷惑はおかけしません」

フロイトが頭を下げると、学長は少しだけ間を置いてから、

「何もわからないうちに、そういうことを言うもんじゃない」

と、言った。あかねは麺を咥《くわ》えたまま、食べるのを止めて学長を見上げた。学長はフロイトに向き合うと、

「迷惑は、かけようと思ってかけるものじゃない。きみが心血を注ぐ研究をバックアップするのが私の仕事で、大学内で何か起きれば、すべては私が責任を負う」

そしてフロイトの腕を叩いた。

「そういう大学を夢見てきた。若い人たちの可能性を潰すことなく、大人は大人の責任を取る。取れないまでも取ろうと戦う。そうした姿勢が教育者の務めだろうとね。私がそれをやれているかはわからない。人は完璧じゃないしねえ。きみも同じだ。ただし、前のめりになってやり遂げようとする姿勢は大切だ。前もってわからないのが結果なんだよ」

「……学長」

「じゃあな。きみたちも、せっかくここの学生ならば、ここでしかできないことをしてくれたまえ」

学長は手を挙げて、颯爽と部屋を出て行った。

「むむ……なんか、カッコよくなかったか？　今夜の学長」

ヲタ森が訊き、

「カッコよかったです」

と、あかねも答えた。

フロイトは床に戻ってきて、ふやけてしまったきつねうどんを手に取った。お揚げとネギしか具がないそれを、俯きがちに啜っている。広い教室はあかねたちのいる場所にだけ明かりが点いて、もうじきまん丸になろうという月が窓の向こうのどこかで照って、教室の奥に窓枠の影が落ちている。

あまりに静かな夜だった。

せっかくここの学生ならば、ここでしかできないことをしてくれたまえ。

カレーが沈殿したスープを飲み干しながら、あかねは伊集院学長の言葉を嚙みしめていた。

夜十時が近づくと、ヲタ森がフロイトの頭にヘッドギアを着け、それを装置とつなぐ作業をした。

あかねはその間にお風呂に入り、ジャージに着替えて部屋に戻った。

室内は、奇妙な配置にされていた。二列に並んでいたベッドはすべて壁際に寄せられて、フロイトが使うベッドが教室の端っこに一台だけ置かれ、あかねとヲタ森が使うベッドはフロイトと反対側の隅っこに、壁にくっつけて移動していた。だだっ広く空いたスペースに計測装置とパソコンを載せたテーブルが運ばれて、隣の教室から拝借してきた椅子が三つ。その下に学長からもらった飲み物が袋ごと置いてある。どちらかが起きてフロイトを見守り、残りの一人が仮眠するのだ。

ヘッドギアを着けたフロイトは、ベッドに腰掛けてあかねの帰りを待っていた。薄暗い室内に月影が伸びて、白一色の寝具が青白く浮かんで見える。

「わ。すごい。なんかSFみたいですね」

タオルで髪を拭きながら言うと、

「どこがSF？　わけわからん」

と、ヲタ森が笑った。

「ペコが先に仮眠して、三時間経ったら交代しよう。ベッドを離したから大丈夫だと思うけど、なんか変な感じがしたら自分で起きてね。そういうときはたぶん、こっちも忙しいわけだから」

「わかりました。けど、変な感じがしたら自分で起きるって、どうやったらいいんですか？」

遠いベッドからフロイトが言う。

「寝る前に暗示をかけるといい。これから実験に入るから、いつもと違う様子があったらすぐに起きると決めるんだ。そうしておけば起きられる。たぶんね」

「体内時計をセットするようなもんだな。明日は六時に起きなきゃと思って寝ると、五時五十五分に目が覚めるやつ」

「あー」と、あかねは頷いて、「やってみます」と二人に言った。

「じゃあ、ぼくは寝るよ」

「おやすみなさい」

フロイトがベッドに入るのを見守ってから、あかねは二人から遠く離れた隅のベッドに向かった。

「何かあったら目を覚ます……何かあったら目を覚ます」と、お呪《まじな》いのように呟きながら。

白い布団を持ち上げて、安眠枕に頭を預ける。塚田善左衛門商店のダル・ソンノが夢科学研究所のスポンサーになってから、学長は介護福祉科で使う寝具をダル・ソンノのものに統一した。開発中の安眠枕は深い眠りとよい夢を見られることをコンセプトに置いた商品だが、深い眠りはともかく夢のコントロールまではできない。もちもちで、柔らかくもなく固すぎもせず、独特な手触りの枕で頭の位置を調整し、あかねはすぐに眠りについた。

卒業式の夢を見た。

学位記授与のシーンで自分の名前が呼ばれることをハラハラしながら待っている夢だ。親友のカスミの名前は呼ばれたというのに、自分の名前が呼ばれない。ああ、髪の毛をバラ色に染めているせいだとあかねは思い、水色にすればよかったと考えている。お祝いに買った手羽先を、これでは一緒に食べられない。卒業できたら手羽先を持って夢科学研究所へ行って、ツーアクションで食べきる技をヲタ森さんに披露するつもりだったのに。どうして名前が呼ばれないんだろうと隣を見ると、振り袖袴《はかま》姿だったカスミの席に、顔も体もまん丸い『ほっくん』のぬいぐるみが座っている。右もほっくん。左もほっくん。壇上の学長もタキシード姿のほっくんだ。

「はっ」

目を開けると、学位授与式の会場ではなく、白くて広い教室の天井が見えた。

月明かりが斜めに射して、空間が二色に分かれている。

そうだ、大学にいるんだとあかねは思った。スマホで時間を確認すると、深夜一時になろうとしていた。自己暗示が効いて、きっかり三時間で目が覚めたらしい。ヲタ森のベッドは空で、パソコンモニターの光に彼のシルエットが浮かんで見えた。

掛け布団の上に広げていた上着を羽織り、あかねは静かにベッドを降りた。フロイトには異変がないようで、微かな寝息が聞こえている。考えてみれば、安眠実験の夜だってフロイトが率先して眠ったことはない。それが今、こうして自分自身の体を実験に使っていることが、あかねは不吉な感じがした。もしも、ほんとうに、フロイトが夢に取り殺されるようなことが起きたなら、私たちはどうなってしまうんだろう。夢科学研究所で過ごした大切な時間と思い出のすべてが忌まわしいものに置き換わってしまうんじゃないだろうか。そう考えて、あかねはギュッと唇を噛んだ。

ヲタ森の背後に寄って行くと、（起きれたじゃん）と、小さく言って振り向いた。ずっと起きていたはずなのに、髪の毛がボサボサになっている。

（体内時計が作動しました。教授の様子はどうですか？）

（あまりよくない）

と、ヲタ森は囁いた。スマホを出して、以降は文字を入力する。

——ストレス値が高い　熟睡しているとはいえない——

——怖い夢を見てるんでしょうか——

——睡眠の深さを見てみると　ほとんどノンレム睡眠なんだ　なのにストレス値が高い——

――それはなにを意味するんですか――

――わからん――

そしてヲタ森は、学長の差し入れからコーヒーを選んであかねにくれた。

(替わりますね)

(頼むわ。なんかあったら起こして)

言いたいことが長かったので、あかねはスマホに打ち込んだ。

――自分で起きてくださいよ　そういうときはこっちも忙しいんだから――

ヲタ森が苦笑したとき、それは唐突に始まった。

「ううううう……ひゅううううう……」

奥の暗がりですすり泣くような声がする。細い隙間を風が通り抜けるときのような、微かで、けれど長く尾を引くうなり声。眠っているはずのフロイトが掛け布団の下から手を抜き出して自分の胸を摑んでいる。あかねとヲタ森は顔を見合わせ、フロイトに駆け寄ろうとするあかねをヲタ森が止めた。

「起こすなと言われてる」

「だって……」

「起こすなと言われてるんだよ」

ヲタ森は強い口調でそう言うと、録音機器についているヘッドホンを装着した。睡眠時の様子は初めからビデオに撮っている。眼球の動きも脳波の動きも計測している。

「そっち見て」

ヲタ森に言われてあかねもデスクの椅子に座った。

あかねの前にあるのは例の機械だ。頭から夢を引っ張り出す。蓄積したデータに照らし合わせて波形を画像に変える機械だ。

うう……ううう……

それがフロイトの声だとわかっていても、こんなうなり声は薄気味悪い。

フロイトは眠ったまま胸を押さえている。モニターで確認すると、喘ぐように口を開けている。苦悶に歪んだ顔をしている。

「変化は？　ないか？」

ヲタ森に訊かれて、あかねはモニターから機械へ目を移す。こちらは専用ソフトで脳波を画像化しているために、映像を観るようなわけにはいかない。夢を画像にする作業は無数の点と、それをつなぐ線で構築されている。最近はさらにＡＩを加え、線画像が何を表すか予測させることができている。

「変化、あります。教授は夢を見ています」

「ノンレム睡眠時の夢だから覚醒しにくいんだな」

ヲタ森は呟いた。

あかねの目の前では、フロイトの頭から引っ張り出された線がすごいことになっていた。丸とか四角とか三角とか、画像は単純な図形の組み合わせと重なりで表現されていくのだが、それが無数に絡まり合って、しかも、すごい早さで動いているのだ。何を表すのかさっぱりわからない。まるで、そう、まるで、

「用済みになったワイヤーアートの塊みたい」

ヲタ森が画像を見ようと身を乗り出して、あかねの肩に頭が触れた。介護福祉科のシャンプーの匂いがした。ワイヤーアートは凄まじい早さで絡み合っていて、そして突然、モニターを突き破る勢いで巨大な何かが画面一杯に飛び出してきた。

ヲタ森はあかねを庇い、あかねは「ひっ」と、悲鳴を上げた。

「うわ！」

と、フロイトの叫び声がし、彼は胸を押さえていた腕で力一杯中空を押した。

モニターで確認すると、フロイトは大きく目を開けていた。

「教授」

「シッ」

と、ヲタ森が言う。あかねを庇ったときのまま、顔だけをフロイトに向けている。

教室の空気がシーンと冷えて、窓ガラスがコツンと鳴った。二人で息を潜めていると、フロイトはベッドに起き上がった。冷や汗をかいたかのように額を拭い、ゆっくりあ

かねたちに顔を向けた。体を離してヲタ森が、

「大丈夫ですか？」

と訊いた。

フロイトは頷いたが、表情が引きつって、掛け布団を握る手が震えていた。

「だいじょうぶですか」

と、あかねも訊いた。フロイトは答えもせずに、

「どう？　データは？　取った？」

と、二人に訊ねた。

「取りました」

「そうか……悪い夢を見た……でも……」

そして自分の額に手を置くと、首を傾げてゆっくり言った。

「……心臓がひどいことになって、動悸《どうき》がすごい……なのに、どんな夢を見たのか説明できない」

ヲタ森はデータを保存して、さらにテキパキとキーを打ちながら、

「頭から夢を引っ張り出しました。それを確認すれば思い出せるんじゃないですか」

そしてもう一度、心配そうにフロイトを見た。

「ペコ、お茶を持ってってやって」

「あ。はい」

ヲタクのくせに、ときどき気が利くんだなと感心しながら、あかねは玄米茶のペットボトルを選び出し、それをフロイトのベッドへ運んだ。ヘッドギアが着いているからフロイトは勝手に歩き回れないのだ。

ベッドの脇でお茶を渡すと、フロイトは「ありがとう」と受け取ったものの、手が震えてボトルキャップを切れなかった。あかねが代わりに封を開けて、手渡してやる。フロイトの憔悴《しょうすい》ぶりに不安が募って、これは、本当に、冗談じゃなくヤバいことになったと思った。

「すごい震えてますよ。ホントに大丈夫なんですか?」

玄米茶をゆっくりひと口飲んでから、

「きみたちこそ、大丈夫かい」

と、フロイトは訊いた。

「こっちは全然平気です。それよりも……」

薄闇のなか、モニターの光がヲタ森の顔に当たって、深刻そうに細めた目が見える。彼はジロリとこちらを睨むと、立ち上がってフロイトとあかねのほうへ歩いてきた。

「いったんギアを外しますか? そうしないとモニターを見れないでしょう?」

フロイトは静かに目を閉じて、「そうだな」と答えた。

「今夜はもう眠れそうにない。あかねくん、明かりを点けてくれないか」

あかねはスイッチの場所まで立っていき、フロイトのベッド周りの照明を点けた。一瞬だけ眩《まぶ》しそうに目をしばたたき、フロイトは枕元に置いていたロイドメガネをかけた。髪が乱れて額に落ちて、病人のような顔色だ。ヲタ森が頭に着いた電極を外し始めたので、あかねもそれを手伝った。フロイトは薄《うっす》らと汗をかいていて、危機を感じた動物のような臭いがした。

「冷や汗をかきましたか？　ちょっと尋常じゃないですね」

ヲタ森の問いに、「だね」とだけフロイトは答える。

手の震えは収まったようだけど、まだ恐怖に戦いていることが伝わってきた。電極を外し終えるとフロイトはベッドを降りてスリッパを履いた。首の凝りをほぐすかのように肩を回して、今度はごくごくとお茶を飲み、自分で自分のほっぺたを叩いてから立ち上がる。

「何が起きたんですか」

と、あかねが訊くと、彼女を見下ろしてニコリと笑った。

「怖がらせたのならすまなかったね。でもこれで、ついに敵を見つけたと確信が持てたよ」

フロイトは計測機器が並ぶデスクへ行くと、お茶のボトルを床に置き、ヲタ森がかけていた椅子に座った。モニターを見ながら画像を呼び出す。あかねとヲタ森もそこへ行き、フロイトの背後から画像を見た。

ワイヤーアートの塊だ。ただしこの塊は激しく動きながら密度を変える。複雑に折れ曲がった直線のみで描き出される変な絵は、焦点をぼかして遠目に眺めた方が全体像が摑める気がする。

「どうです？」

ヲタ森が訊いても、フロイトは、「さあ」と、言うばかりだ。

ヲタ森も椅子に腰掛けて、フロイトを脇へ押し出した。キーの操作を交替し、ＡＩに画像の予測をさせていく。直線のみで構成されていた映像がなめらかになり、同時に複雑さを失っていくが、煩雑さは変わらない。

何かを求めて見ちゃダメだ。直感的にあかねは思った。

「これって、想像しながら見ないほうがいいんじゃないですか？」

「あ？　どゆこと？」

「焦点をぼかして眺めながら、見えたままに見たほうが閃きがあるんじゃないかと思って」

「あかねくんの言う通りだね。もう一度再生してみよう」

脳波計が激しく動き始めたあたりから、ヲタ森は画像を再生した。

やっぱり何かわからない。

「もう一度。今度は少し早くしてみて」

「へいへい」

ヲタ森は素直に操作する。

同じ映像を繰り返し見ることで、視覚に記憶が被さっていく。

「もう一度」

ヲタ森は無言で再生する。

「もう一度だ」

（あれ？）

と、あかねは心で思った。意味を成さないノイズ画像に、何かが見えた気がしたからだ。

「悪いな。もう一度」

と、言ったフロイトの声にも緊張が混じる。たぶん教授も気がついたんだ。これが何かを表していると。ヲタ森も無言で再生を続ける。初めは何かわからなかったが、繰り返される同じ動きが次第に意味を持ってくる。

「あっ！」

あかねが思わず叫んだとき、

「バカ、急にでかい声出すなよ。ビックリするじゃないか」

ヲタ森が振り向いて怒った。けれどあかねは、たった今気がついたことで頭の中が一杯だった。モニターを指して言う。

「ヲタ森さん、もう一度再生してください。今度はゆっくり」

「ペコのくせにオレに指図するの？」

「そうです。早く！」

やれやれと言いながら、ヲタ森は映像をスロー再生した。

一度そうだと気がつけば、何が映っているかがよくわかる。あかねは自分の考えに確信を持ってモニターを指した。

「これ……人の顔じゃないですか？」

「ひとのかおぅ？」

ヲタ森はそう言ったが、フロイトは無言だった。緊張したように椅子の肘掛けを握っている。

「たぶん間違いないですよ」

「どこが顔？」

あかねはノイズを指さした。モニターに触れないよう、慎重に。素手で液晶画面に触れるとヲタ森がうるさいからだ。

「ここが目で、ここが鼻、それで、この部分が口です」

「あー……たしかに……てか、でかくね？」

「少し巻き戻してみてください」

巻き戻すと、目も鼻も口も小さくなって輪郭らしきものが見えてきた。フロイトはまだ、何も言わない。

「ゆっくり巻き戻して」

「そうか。わかったぞ」

と、ヲタ森は言った。

「次第にアップになっているんだ。モニターから飛び出すほど近寄って、口が見え、目がアップになったところで終わっている。そうとわかれば人の顔で補正をかければ」

ガタン！　とフロイトが立ち上がる。蒼白《そうはく》になって、口を押さえて、そして廊下へ飛び出して行く。

あかねとヲタ森は顔を見合わせ、慌ててフロイトを追いかけた。

フロイトはトイレに飛び込み、すぐに激しい水音がした。ヲタ森がドアを開けて中へ行く。あかねは一人オロオロと、廊下で二人を待っていた。男子トイレだもの。一緒に入ることはできない。

しばらくすると、ヲタ森だけが戻ってきた。

「教授は？　どうしたんですか？」

「吐いてる」

と、ヲタ森は言った。

「きつねうどんに中《あた》ったんでしょうか」

「ちげーわバカ。恐怖だよ、悪夢を思い出したんだ」

「……え」

吐くほどの恐怖とはどれほどのものか。あかねもゾッとして恐怖を感じた。ヲタ森にバカと呼ばれたことを気にする余裕すらなくて、全身に鳥肌が立っている。

「オレは映像を処理するから。ここにいてフロイトの様子をみてて」

ヲタ森は真面目な顔をして、スタスタと教室に戻ってしまった。

「え……だって……えええ……」

それはつまり、フロイトに何かあったら男子トイレへ入って行けということか。

教室とトイレを交互に見つめ、あかねは仕方なく男子トイレの前にしゃがみ込んだ。中からまだ水音がする。トイレを流す音ではなくて、洗面所の音のようだった。

長い廊下は薄暗く、足元灯と非常灯の明かりが青い。窓の外も真夜中で、庭園の外灯だけが光っている。月明かりで空は明るく、雲が斑《まだら》に流れていた。夜の学校って、どうしてこんなに薄気味悪いんだろう。施設が新しい大学ですら病院の廊下を見ているみたいだ。その薄暗がりに誰かの夢が潜んでいて、うっかり踏み込んで悪夢を見るとか。いっそ夢から何かがにじみ出てきて、人を襲っているのだとか。荒唐無稽な考えも、こんな夜には笑えない気がする。もしも教授に何かあったら、本当に心臓が止まったら……

「カレーヌードル食べて喜んでいる場合じゃなかったなあ」

あかねが呟いたとき、ようやくトイレからフロイトが出てきた。洗面所で顔を洗ってきたのか、前髪から水が滴っている。まだ具合が悪そうで、あかねはオロオロしてしまう。

「大丈夫ですか？」

訊くとようやくフロイトはあかねに気がつき、

「もしかして、待っててくれたの？」と言う。

「ヲタ森さんがついててくれって」

「そうか……大丈夫だと言ったのに」

フロイトはハンカチで口を拭った。

「気持ち悪くなったんですか？」

「自分でもよくわからないんだ。動悸が激しくなって、呼吸ができなくなったというか……」

心配で言葉が出ないあかねに気がつき、フロイトは「大丈夫だよ」と、笑った。

「自然の防御反応だと思うんだ。動物は危険が迫ると心拍数を上げて体を温め、すぐ逃げられるように準備する。武者震いと同じだよ」

「どうして反応が出たんですか？」

「たぶん「映像を見たからだ。フラッシュバックだと思う」

映像って、頭から出た夢の映像のことですか？」

フロイトはあかねを追い越した。

「そうだ。もう一度見てみよう。もうフラッシュバックはしないよ。見る気で見るわけだから」

そしてさっきの教室へ戻った。

煌々《こうこう》と明かりが点いた室内で、ヲタ森が作業を進めていた。保存データが人間の顔であると認識させて、コンピュータに画像を処理させているのだ。フロイトとあかねが戻った気配を知ると、ヲタ森は顔を上げもしないで訊いた。

「吐き気と動悸は治まりましたか？」

「大丈夫だ。そっちはどうだ」

「驚きましたよ」

と言ってから、ヲタ森はようやく目を上げた。

「見てください。もしもこれが悪夢の正体なら……いったいどういうことなんですかね？」

フロイトがモニターのほうへと歩いて行く。もちろんあかねもあとを追う。

テーブルを回り込んでモニターの見える位置まで着くと、ヲタ森は修復映像をスローモーションで再生した。

あかねは言葉が出なかった。

直線が曲線になり、重なる線を立体と仮定し、それをレンダリング補正した映像は、あきらかに人間の顔を形作っている。いや、むしろ、最初からハッキリと顔だったのだ。線のノイズが激しかっただけで、それらを整理してしまえば、それは白人の中年女性の、おぞましくも悪意に満ちた顔だった。唇の動きまでハッキリわかる。こちらを見据える眼力も。

その人は、少し離れたところから近づいて来る。顔を突き出して、呑み込みそうなほど口を開け、呪いの言葉を吐いている。そしてその目がこちらを睨んだところで、映像は止まった。

あかねは両手で口を押さえた。

この人を知っている。この人の目を見たことがある。

いつ？　どこで？

やがてあかねは、両腕をさすりながらこう言った。

「え。えええ……わかったんですけど……怖い……だって、絶対、この人ですよ……茶の香で山田さんの目から覗いていたの、この人です」

「は？　なに言ってんの」

と、ヲタ森が訊き、

「ぼくもあかねくんと同感だ。夢で見たのはこの女性だよ」

フロイトもゆっくり頷いた。

5　幽霊森の幽霊に会う

　フロイトの頭から悪夢を引っ張り出せたこと、そのデータが今までになく鮮明な画像を結べたこと、そしてその内容があまりにも衝撃的だったこと。

　三人は神経が高ぶってしまい、結局寝ることができなくなって、それぞれが椅子でウトウトした程度で朝を迎えた。介護ベッドのある部屋はしばらく押さえておけるので、六時過ぎにようやくヲタ森が寝落ちして、猛然とデータの解析を進めるフロイトの様子はあかねが見守った。その後のフロイトはトイレに駆け込んだり吐いたりすることはなかったけれど、ときどき胸を押さえる動作をするので、そのたびにあかねは心配になった。あかねも疲れて眠いのだけれど、寝ようとしても眠れない。少しでも眠らなくちゃと焦れば焦るほど目がさえて、七時過ぎにトイレへ行って鏡を覗くと、死にたくなるほどブサイクな自分が映っていた。

「ふわー……ひどーい。サイテー」

簡単なメイク道具は持参しているけれど、補修程度じゃ済まないほどのブサイクさだ。冷たい水で顔を洗って、瞼を指で押し込んだり、ほっぺたをつねったり引っ張ったり叩いたりしてみたが、ほとんど変わらないので気持ちが萎えた。

仕方がないので最終兵器のマスクを出して顔の下半分をすっかり覆い、出ている部分はメガネで隠した。

トイレを出ると、窓越しに降り注いでくる朝日を浴びながら少しだけ廊下を歩いて、カップ式自販機まで行って熱いココアを買って、少し考えてからフロイトとヲタ森のコーヒーを追加で買った。同じ値段ならクリームも砂糖もすべて倍増にするのがヲタ森流なので、ココアと甘いコーヒーを抱いて教室に戻ると、フロイトはまだ機器に囲まれて作業をしていた。

遠目にその姿を眺めながら、たったひと晩で一キロ以上体重が落ちたんじゃないかと思った。自分も相当ひどい顔だけど、フロイトも目の下にクマができ、心なしか頬もこけている。ひと晩でこんなダメージを受けるなら、やっぱり人は夢で死ぬのかもしれないと思い、またしても不安に戦いた。でも、クリームも砂糖も増量したから、ブラックコーヒーより栄養が取れるはず。これで何カロリーか補えたらいい。ああ、でも、それならばココアを三つ買うべきだった。

あかねはフロイトの脇へ行き、

「温かいのを買ってきました。学長にもらったのは冷えちゃったから」

そう言って、コーヒーではなくココアをあげた。

「ありがとう」

と、フロイトは飲み物を手に取って、「間違ってない？」と、あかねに訊いた。

「ココアのほうが栄養あるから、フロイト教授が飲んでください」

「お？　熱いコーヒーの匂いがするな」

ガーガー寝ていたヲタ森も起きてきて、当然のようにあかねの手からコーヒーを受け取った。

「全部増量にした？」と、訊く。

「しましたよ。っていうかヲタ森さん。その前に言うことないんですかっ」

「おはよう。ごちそうさん。ありがとう」

軽く言葉を並べるとすぐ、ヲタ森はコーヒーを飲んで「うまい」と言った。

そして改めてマスク姿のあかねを見ると、ゴシゴシと自分の瞼を擦《こす》った。

「ん、どうした？　徹夜して風邪引いちゃった？」

「ちがいますよ」

「だってマスク」

「寝不足の顔を見られたくないだけですよ」

あかねはヲタ森に背中を向けて、マスクの下からコーヒーを飲んだ。

「そうか？　寝不足じゃないときはどんな顔だっけ」

「いつも通りのブスだって言いたいんですか」

「いつもペコだって言いたいだけだよ」

ヲタ森はフロイトの背中に寄って、

「少しは眠れたんですか？」と訊いた。

「全然」

「私も眠れてないんですけど」

あかねが言うと、ヲタ森は、

「ペコはオレと交替するまで寝てたじゃん」

「それを言うなら教授だって、悪夢を見るまで寝てました」

「ん？」

ヲタ森は体ごと振り返ってあかねの前に立ち塞がると、自分のおでこに触れた手で、
あかねのおでこをペタリと触った。

「な、何するんですか」

「熱はない」

「ないですよ」

「んじゃ、なんで機嫌悪いの」

「別に機嫌悪くなんか……」

答えながら、確かに今の自分はちょっと意地悪だったなと思う。ヲタ森が教授を心配するのは当然だけど、教授のことばかり心配するから腹立たしいのだ。

え、なにこの感情。もしかして私、教授にやきもち妬いている？

気付いたとたん、カーッと頬に血がのぼる。

「やっぱ風邪か」

「違いますよ」

あかねは自分の気持ちに戸惑った。自己中で引きこもりで協調性がなくて、口も悪くて梅干し好きで、ケチで意地汚いヲタ森さんを……そうか……私はけっこう嫌いじゃないんだ。一度意識してしまったら、幽霊森で過ごした日々が次々と頭に浮かんできた。たとえば世界中で自分が一番ヲタ森さんのパンツコレクションを知っているとか、出会ったばかりのころの無気力で脱力した受け答えとか、ドアの開閉がどんくさいとレクチャーを受けたことだとか、体調を崩したときに用意してくれたおかゆのこと、そこに入っていた梅干しの仁、危険な目に遭ったとき助けに来てくれたこと、自分はコミュ障だからと打ち明けたときの誠実な眼差し、ヘッドギアを着ける細い指、見上げた顔が思いがけず整っていたことも。

（なにこれヤバイ、落ち着け自分）

あかねはヲタ森に背中を向けて、一生懸命にコーヒーを啜った。

ヤバイヤバイ。なんだこれ。

一人で悶々としているうちに、ヲタ森はフロイトの隣に座って作業を始めた。熱いコーヒーだったのに、飲み干したカップがもうゴミ箱の中だ。ヲタ森は決して飲み物や食べ物をOA機器に近づけない。

「どうですか」

「大分鮮明になったと思うけど……どだい無理なことをしているのかな。夢に出てきた人物が、何を喋っているか調べるなんて」

二人の声を聞いて振り返る。一晩中やっていた作業はそれぞれが分業だったけど、あかねがしていたのは主に卒論の手直しであり、二人が何をしていたか具体的には知らなかった。

「もしかして、夢から音声も拾えたんですか？」

あかねが訊くと、

「それは無理だよ」

と、フロイトが苦笑した。

「フロイトは、再現映像の口の動きから、何を喋っているのか割り出せないかと考えてるんだ」

「あー」

あかねは大きく頷いてから、

「どくしんじゅつってやつですね」と、言った。

「本物の人間の映像なら読唇術も使えるのかもしれないけど、そもそもこれが本物の言葉を喋っているかもわからないだろ？　日本語か英語かフランス語かも」

「そうですね。でも、外国人だから日本語じゃないですよね」

「つか、夢だしなあ……」

繰り返し再生している映像を覗き込んであかねは言った。

「ヲタ森さんならなんとかなるんじゃないですか。口の動きを文字に変えるソフトとかないんですか。それを試せば」

「ないことはないし、俺たちもそれをしようと思ってるんだよ。だけどそれをするには口の動きだけを拾ってあげなきゃならないの。コンピュータってのはさ、プログラムと解析で動くんだから。適正なデータを作ってあげなきゃ進まないのよ」

「そうなんですよね。私もそれは学びました」

あかねはプログラムに腐心するヲタ森を見て知った。呼吸すること、食べること、見ることも、聞くことでさえ瞬時にできる生き物の能力はとんでもなくすごいのだ。

「これがもしデタラメな動画だったら、女性の口の動きに大した意味はないかもしれない。でも、映像は驚くほど鮮明だ。そして夢がこれほど鮮明に映ったわけは、脳波が強力だったからだよ。だから案外行けるんじゃないかと考えている。もしもこれが本当に、元祖呪いの言葉だったら……」

モニターを見つめてフロイトが言う。

「メチャクチャ怖いんですけど」

あかねは本心から言った。

「夢の映像と心拍数を比較してみたら、女性の顔がアップになったとき、ぼくの心拍数は異常な数値をはじき出していた。心臓疾患を持った人ならショック死してもおかしくないよ」

「ショック死しなくてよかったですね」

ごくフラットにヲタ森が言う。

フロイトのことを心配しているのか、いないのか、ヲタ森はときどきわからない。

あかねもコーヒーを飲み干して、三つ目の椅子に座った。

「教授はこの映像を見て、それがどんな夢だったか思い出せたんですか？」

フロイトはヲタ森越しにあかねを見た。

「たぶんこれは夢じゃない。夢のようなものじゃないと思う」

「どういう意味です？」

ヲタ森が訊くとフロイトは眉をひそめてしばらく考えて、

「わからないんだ」と、呟いた。

「レンダリングされた映像は、確かにあの瞬間ぼくが見たものに間違いない。でもそれは夢のようなものじゃなかった。モニターに映ったまんまというか、そのものズバリだ。それがあの瞬間に、ぼくの脳を支配していた」

あかねにもどういうことかわからない。ヲタ森はフロイトの睡眠を記録した映像を呼び出した。隣のパソコンも立ち上げて、それに睡眠のグラフを呼び出す。眠りの深さやレム睡眠が色分けされて現れている。

「記録映像の眼球の動きとレム睡眠はほぼ一致しています。映像を引っ張り出せるほどではないにしても、フロイトはこのときにも夢を見ていたんだと思います」

「今はまだ強度のある夢しか引っ張り出せないからね」

と、フロイトは言った。

「睡眠導入時の夢は記憶の整理みたいなものだし、こちらとあちらを意識が行き来している感じだったと思う。あかねくんと行った施設のことや、催眠術をかけるシーンを反芻していたような気がする」

「このあたりから――」

ヲタ森はカーソルを動かして、フロイトが深い睡眠状態に入った部分のグラフを指した。

「──ノンレム睡眠に入っていきます。けっこう眠りが深いんですよ。心拍数も安定している……ここで深夜一時です。ペコがきっちり起きてきて、オレと交替しようとしたとき」

録画の中でフロイトは、突然腕を伸ばして胸を押さえた。うなされている。

「覚えていますか？」

「うん……思い出したよ」

と、フロイトは言った。

「襲われたんだ。頭の中で」

「ひえええ……襲われたって、あの女の人にですよね。襲われたっていうのがもう怖いんですけど」

フロイトはまた首を傾げた。

「そうだ。どうもおかしいな。やっぱりこれはただの夢じゃないんじゃないかな」

「でも、これはフロイトが探していた悪夢なんですね？」

「間違いない」

そう言って目を閉じてから、「ああ、くそ」と、フロイトは吐き捨てた。

「お祖父さんが生きていたらなあ……親たちの状況を聞けたのに」

「ノートの記録には残っていないんですか？」

「調べたけれど詳細な記録は見つからないんだ。祖父の場合は、夢の研究を始めたきっかけが両親の死だったからね。親たちの症状についてはリアルタイムの記録がなくて、回想をまとめてあるだけなんだ。しかも突然死の原因が悪夢ではないかというのは、その後の祖父の憶測で、本当にそれが原因だという確信もなかった。疑惑を抱いて夢の研究を始めたわけで、残されているのは夢について又聞きしたり、収集した記録でしかないんだよ。当時はコンピュータもなかったし、脳波の検査もしてないし」

「まあ、そうですね」

「じゃ、どこか他の研究所で夢を研究しているチームの記録を見たら、同じケースが見つかるんじゃ」

あかねが言うと、ヲタ森が振り向いた。

「まだペコがくる前に、オレとフロイトが最初にやったのがそれなんだよ。だからサイトを立ち上げた。同じケースが引っかかってくるんじゃないかと思って」

「そうか……悪夢を探しているって言ってましたもんね」

「情報は集まったけれど、ぼくが探していたケースとは違った。今回が初めて手応えを感じたケースだ。というより、これこそがそれだと思う。確信に近い」

「ですね」

　あかねは頷く。ほんのわずかな経験値からでも、これが普通の悪夢じゃないのはわかる。フロイトが叩き出した心拍数。そしておぞましい女性の顔。

「あ」

　と、あかねは拳を叩いた。

「山田さんにこの映像を見てもらったらどうですか？　同じ夢か、訊ねたら」

「それはぼくも考えた。でも、それをするつもりはないんだ」

「どうして」

　と、訊いたのはヲタ森だ。フロイトは唇を引き結び、

「危険だからだ」と、一蹴した。

「山田さんには心拍計を着けてもらったね？　そのデータが来てるだろ？　確認したら彼女は昨晩眠れている。ぼくが記憶を消したから悪夢は彼女から去ったのかも」

「やっぱり教授にうつったんですね」

「この悪夢が同時に複数人に作用できるかわかっていない。でも、少なくとも彼女は眠れたわけだ。眠ること自体の恐怖から解放されれば、必要なときに眠剤を服用できて、疲れはすぐに取れるだろう。山田さんはもう大丈夫だよ。なのにもし、映像を見せることで恐怖が再燃したら？　そんなことはできないよ」

「じゃあ、これが本当に山田さんや施設の人に共通していた悪夢かどうか、調べる術はないんですね」

あかねは思い出していた。初めにフロイトの両親について知ったのは、ヲタ森の話からだった。親を殺した悪夢が憎くて、フロイトは夢の研究をしている。それは感染して人を殺す悪夢だけれど、本当にそんなものがあるのかどうかもわからない。なぜならば、その夢を見た人はみんな死んでしまったからだと。でも、

「あ」

と、あかねはまた言った。

「お祖父さんに訊くというのはダメですか？」

「はあ？」

ヲタ森が素っ頓狂な声を出す。

「なに言ってんの。ペコはやっぱ熱があるんじゃ」

「違いますよ。幽霊森にお祖父さんが来たら、話して訊いてみるんです」

フロイトも、ヲタ森も、なんともフクザツな表情をした。

「変ですか？　でも、やってみて損はないと思います。だって教授のお祖父さんは亡くなる前に夢を見て、私たちと会っていますよね。森の中に白くて四角い建物があって、そこでは夢を創っている。女の子に森を案内してあげたり、ひょろ長い男の人に

会ったりしたって」

「ひょろ長いは余計だぞ」

「それって私が夢の中でお祖父さんと会ったってことですよ。でも、私はまだお祖父さんを見かけただけで、一緒に森を歩いていません」

「ペコは何を言いたいの？」

「こういうことです。もしも教授やお祖父さんが言うように、一部の夢が精神世界でつながっているとして、お祖父さんが亡くなる前に見た夢が精神世界の出来事だったら……」

「実際にあかねくんが祖父と森を歩く事態が起きるってことか。この時間軸で」

「難しいことはよくわからないんですけど、ひょろ長い男の人はヲタ森さんで、ヲタ森さんは何回か、研究所の中でお祖父さんを見かけています」

「そうなのか？」

と、フロイトが訊き、

「ええ。まあ」

と、ヲタ森が答えた。

「そんな話は聞いてないぞ」

ヲタ森は髪の毛を掻き上げながら白状した。

「別に危害を加えるふうでもなかったし、オレとしては、未来のクリエイターが過去に飛ばしたホログラム映像かなんかだと思っていたわけで。あと、現実問題として幽霊が出る場所で寝泊まりしてるとか、フロイトが気にしたら厭《いや》だなって」

「呆れたよ」

フロイトは椅子の背もたれに体を預け、振り上げた両手を頭に置いた。

「それはどうでも、ひょろ長い人のシーンはヲタ森さんが体験したけど、女の子に森を案内してあげるシーンは私がまだ体験してないわけだから、そのシーンはこれから起きるかもしれないじゃないですか。幽霊森で待ち伏せをして、私がお祖父さんに話を聞けば……」

「うーん。てかペコ……荒唐無稽もここまで来ると、いっそ真実味があって驚くわ」

ヲタ森が腕組みをすると、フロイトは頭に両手を置いたまま、

「幽霊が祖父の夢だという解釈も我ながら荒唐無稽だけど、あかねくんのアイデアもすごいね」と言った。

「ダメでしょうか？　でも、絶対できると思うんです」

「その自信はどこからくるの」

と、ヲタ森が呆れて言う。あかねは答えた。

「だって教授は孫じゃないですか。うちのお祖母ちゃんが言ってたけど、孫は子供の

三倍かわいいらしいです。その孫が悪夢に感染したっていうのに、お祖父さんが助けに来ないわけないと思うんですよ。お祖父さんは夢の研究をしていたわけで、だから……愛情は千里をこえるとか、そういう言葉ってなかったですっけ？」

「ないな。『悪事千里を走る』なら聞いたことある」

と、ヲタ森は冷たく言った。

「でも、教授のお祖父さんは、その世界なら時間も空間も超越できるって……」

フロイトは無言で頷いてから、

「……そうか……テレパシーだ。波長を共有できるぼくらは姿が見えた。と、するならば、現実世界と切り離して考えるべきなのか。あれが実際に森に立っているわけじゃなく、脳に直接働きかける電気信号だったとすれば……」

「お祖父さんと会えますか？　なら、私、森で張り込んでいてもいいです」

「あー……まあ……そんならさ」

と、あくびしながらヲタ森は言った。

「幽霊の行動パターンなら、たぶんオレがわかると思う」

「えっ、どうしてですか」

ヲタ森は頭を掻きながら脚を組んだ。

「だてに研究所に居候してきたわけじゃないからさ。あの幽霊は行動パターンがあるんだよ」

「そうなんですか？」

ヲタ森はコクコク頷いた。

「最初はわからなかったけど、たぶん同じ動きを繰り返してる。回廊近くの森から入って、次第に研究所に近づいて、裏側の森を散策し、夜中に現れるときだけは、室内を通って、出てって消える」

「えーっ！　ヲタ森さん、それを知ってたんですか？」

「知ってたよ」

と、ヲタ森は言った。

「どうして話してくれなかったんですか」

「必要ないから」

「必要ないって……」

「だってほら、アレは空気みたいな存在っていうか、見かけた人が、『幽霊、キャー』って言っていればいいわけじゃんか？　退治するとか調伏するとかじゃないわけで」

「でも、見かけたほうは驚きますよ。森にいるのがフロイト教授だと思っていたのに、本人が研究所にいるのを見たとかしたら」

「オレもそれを心配したから、出没するときはペコを外まで送ってったじゃん」

あかねはまたも思い出す。そういえば、研究所に来たばかりのころに、ダメ元でヲタ森を呼び出したら、回廊のあたりまで迎えにきてくれた。姫香と森を出るときに、なぜか送ってくれたこともある。

「あれはそういうことだったんですか」

「アレがなにかわからんけどさ、パターンがあるのよ。だからペコが会いたいというなら……」

ヲタ森は教室の壁の時計を見上げ、

「夕方になれば研究所の裏に出るから」と、言った。

「あかねくんが待ち伏せるのかい？」

「はい。私がお祖父さんと話してみます。ご両親の様子を詳しく聞いて、悪夢の謎を解いてみせます」

「オレがそばにいるから大丈夫ですよ。ホントに話せるかどうかわからないけど。まあとにかく、夢に出てきた女性の唇の動きを抽出し、色々な言語と照らしてみましょう。もしも本当にこんなのを夜な夜な見せられるとしたならば、たぶんオレだって参っちゃうと思うし」

フロイトは目を細め、

「おばちゃん食堂が開いたら朝食おごるよ」と、言った。

未来世紀大学には学食やファーストフードの店が何店もあるが、一番人気がタエちゃんの『おばちゃん食堂』で、おばちゃんたちが安くて美味《おい》しい料理を提供している。カウンターに並ぶお惣菜《そうざい》から好きなものをチョイスしていく方式で、ごはんは大盛りから小盛りまで三種類、味噌汁《みそしる》とすまし汁が選べるようになっている。タエちゃんが昨日差し入れてくれたキャロットケーキは、午後のお茶の時間になるとカウンターに並ぶ『季節のデザート』の新作だ。

「ふぁー、お腹空《なかす》いた〜。なに食べよう」

トレーにお箸を置きながら、あかねがカウンターのお惣菜を見たとき、ヲタ森はもう梅干しの前にいて、三つの小鉢にそれぞれ三個の梅を取り、一鉢ずつをあかねとフロイトのトレーに運んできた。

梅干しは自家製で、学長の庭で採れた梅をおばちゃんたちが梅干しにしている。梅干しはヲタ森の大好物だが、一人三個までしか売らないという決まりがあるのだ。

「二個はあとで回収ね」

ドヤ顔でそう言うと、ヲタ森は他の惣菜を選びに行った。

あかねはフロイトと顔を見合わせて溜息を吐いた。大学院を出た後も、ヲタ森はここへ梅干しを買いにくる気がする。

太陽が昇ると庭園の芝生の霜が溶け、水滴がダイヤモンドのようにキラキラ光る。研究棟の屋根は北側にだけ氷柱が残って、春と冬が同居しているようにも見える。そんな中でも梅は咲き、桜の枝先が赤くなる。それぞれが食べたいものを取ってテーブルに運ぶと、ようやく食堂が混んできた。トレーには三者三様のお惣菜が載っている。

フロイトはハムエッグとほうれん草のおひたしと、卵と三つ葉のお吸い物、梅干し一つ（二つはヲタ森が早々に回収した）。ごはんは小盛りで、タエちゃんが勝手に置いたきんぴらゴボウがおまけされている。

あかねはあれこれ迷った末に、卵焼きと塩鮭《しおじゃけ》と、なめこおろしとウインナー、焼き海苔《のり》と中盛りごはんに油揚と小松菜のお味噌汁、あとは梅干しがひとつある。

「いただこうか」

フロイトの言葉でいただきますを言い、味噌汁を飲みながらヲタ森のトレーを覗き込む。オムレツにベーコンにほうれん草のバター炒《いた》め、ポテトサラダにひじきの煮物に、あじの開きに漬物に、小鉢に山盛りになった梅。ヲタ森のトレーはいつも食べ物が山になる。

「それだけ食べて、一体どこへ行っちゃうんでしょうね」

あかねは本気で不思議に思う。こっちは何を食べても太るのに、ヲタ森は大食漢でひょろ長い。

「ん？　どこへ行くか、ホントに聞きたい？」

　答えが想像できたから、

「聞きたくないです」

　と、即座に言った。トイレの話になるのはわかってる。どうしてこう、美味しいものを前にしてデリカシーのない話をしようとするんだろう。だし巻き卵に添えられた大根おろしにお醤油《しょうゆ》をかけ、卵焼きを箸で割ってからおろしを載せて口へ運んだ。

「ふぁー……おいひい」

「どれどれ」

　と、ヲタ森の箸が伸びてきたので、ペシンと叩いた。

「やるな」

「付き合い相応に長いですから。ヲタ森さんの考えてることぐらいわかるんですよ」

「あ、そ。じゃ、言ってみ？　オレが何を考えているか」

　あかねは眉間に縦皺を寄せ、

「塩鮭の尻尾の一番おいしいところを、どう奪おうか考えていますね」

　ヲタ森は目を丸くして、

「やべえな」

と、だけ言った。本当にそう考えていたようだった。

「このあとの予定だけど」

と、フロイトが言う。きんぴらゴボウに入っているニンジンを、白いごはんにサンドして、すまし汁と一緒に呑み込んでから、

「ぼくはあの画像から口唇の動きだけを分離して言語ソフトにかけてみる」

「オレはレンダリングの精度を上げて、女性の顔を分析します。だからメシ食ったらあっちへ戻りますよ。こっちには使いたいソフトがないし」

「あの女性って、どこの国の人なんでしょうね」

あかねが訊くと、

「画像をもっと鮮明にできれば骨格の特徴でわかるんじゃないかと」

と、ヲタ森が言った。考えてみれば、自分たちは不思議なことをやっていると思う。

「ああいうのって頭が勝手に、というか、想像で作っているんじゃないってことかな。考えてみたら、夢に知らない人が出てきたとして、それって本当に知らない人なんでしょうか。知らないと思っているだけで、前に見たテレビとか、アニメとか小説とかのイメージが先にあって、そういう人たちに役を与えて夢に見ているだけのような気がします」

ほうれん草のおひたしに追い醤油しながらフロイトが言う。

「通常夢に出てくる相手は、潜在的に知っているとか、見知った相手の場合が多いよ。たとえば街で一瞬すれ違っただけの相手でも、その人の何かが記憶中枢に入り込み、睡眠時、脳が記憶の整理をするときに夢となって表出したり」

「ですよね？　それなら教授は、あの人をテレビや雑誌で見かけたりしていたってことですか」

「そこが不思議なんだよ」

と、フロイトは言った。お茶をひと口飲んでから、

「その場合はあんなに鮮明な画像になるはずがない」

それでまたあかねはゾッとする。その間に卵焼きの半欠けが、パッとヲタ森の口に消えた。

「あっ。私の卵焼き」

「うめーな、これ」

あかねも負けじと箸を伸ばしてヲタ森のオムレツを切り取った。ヲタ森がそこにケチャップをかけてくれたので、あかねはちょっと恥ずかしくなった。

「ありがとうございます。ていうか、オムレツおいしい」

「ここのは、なんつか、心に届く栄養っていうかさ、ごはん食べるだけで泣けてくることあるよね」

「なんですかそれ」

「ペコはない？　しみじみと……こう……」

まあいいや、とヲタ森は言って、オムレツの欠片《かけら》に千切りキャベツをからめて食べた。

「話を戻しますけどね、時間はあまりないと思うんですよ。早いとこ原因を解明しないと、フロイトは感染しちゃったわけだから。それにもう、誰も悪夢に殺させたくないんですよね」

「ぼくのところで決着をつけるよ。そのために研究してきたわけだから」

「私は何をお手伝いすればいいですか」

あかねが訊くと、二人は同時に、

「卒論」

と、言った。

「いま大切なのはそれだよ。あかねくんはそのために夢科学研究所で単位を補塡したわけだから」

「はい。でも」

と、あかねはフロイトの目を真っ直ぐに見た。

「それよりもっと大切なのは教授です。だから悪夢を撃退するためにできることがあったら……」

「ペコはフロイトの祖父ちゃんと話すじゃん」

ヲタ森は丼ごはんをかっ込みながらそう言った。

「そこはペコに任すんだからさ、それまでに論文仕上げちゃいなよ」

「……そうですね。わかりました。あっ」

あかねは自分のお皿に目をやって、塩鮭の皮がなくなっていることに気がついた。

「皮がない！　最後に食べようと思って取っておいたのに」

「そうなの？　オレはてっきり残したものだと」

「えーっ、なんで勝手に決めるんですか。もしもですよ？　私がヲタ森さんの梅干しを、勝手に」

「そんなことはできない。梅干しはすでに回収した」

「あ。梅干しもない。お茶でゆっくり食べようと」

「……あかねくん」

フロイトが恥ずかしそうにしたので、あかねは他のお客に聞こえないようヲタ森の前に顔を突き出し、

「あとで一つ返してもらいますからね」

怒りを込めてそう言うと、ヲタ森はあかねの顔をじっと見て、「ふっ」と笑った。

「いや……普段とあまり変わらないと思ったけどさ、寝不足の顔、やっぱひどいな」

「ね、ねぶそくの……」

あかねはマスクで顔を隠すなり、真っ赤になってフロイトに訴えた。

「ひどくないですか？　ヲタ森さんはっ」

「そうだね、ひどいよ、ヲタ森はひどい」

食べ終えた食器を積み重ね、フロイトは逃げるように席を立っていく。それであかねもヲタ森も、それぞれの仕事をするためにおばちゃん食堂を後にした。


その後フロイトは教室に戻り、ヲタ森とあかねは幽霊森へ行くことにした。フロイトの腕にはリストバンド型の心拍数測定器が着いているので、データは幽霊森でも確認できる。急に心臓が止まることはないと思うが、異常があれば通知がくるので、あかねもヲタ森も安心していた。晴れて天気のいい日だったから、寒々しい回廊のなかも、陽《ひ》の当たるところは暖かかった。

「なんとかなると思いますか？」

先を行くヲタ森の背中にあかねは聞いた。

「なにが？　フロイトの祖父ちゃんと話すこと？」

「そうじゃなくって、教授を悪夢から守れると思いますか」

「あー」

と、ヲタ森は回廊の天井を見上げた。

「他の人みたいになっちゃうってことはないですよね？」

「心臓麻痺を起こすか訊いてんの？」

ヲタ森は足を止め、

「オレがそんなことさせると思うの」と言った。

「どうやって止めるんですか」

「だからそれをこうやって、必死に考えてるわけじゃんか。先ずは敵の正体を知らないとさ」

「でも、相手は夢なんですよ？　夢なんて……摑み所がなくて、どうすることも」

「だよな」

「どっちなんですか」

あかねはジロリとヲタ森を睨んだ。

「ずっと考えているんだよ。そもそもさ、そんな現象が実際に起こりうるかとか」

「どういうことですか？」

走ってヲタ森の隣に行くと、ヲタ森はまた歩き出してこう言った。

「俺たちが知る限り、初めの犠牲者はフロイトの両親で、父親に感染させたのは患者さんってことだったよね？　それって何年前の話だ？　フロイトが子供の頃だから、少なくとも二十年以上昔だよね」

「そうですね」

「たかが夢がさ、二十年以上も同じかたちで、同じように誰かにうつりながら、誰かを殺し続けるって、ありえないよな？」

「まあ、普通は……」

「昨夜フロイトも言ってたじゃん。これはただの夢じゃないって」

「夢じゃなかったらなんなんですか」

「それをこれから調べるんだろ」

話は振り出しに戻ってしまう。あかねはヲタ森の手を取った。

「それなら早く行きましょう。お祖父さんの幽霊は午前中にも来るとかないですか？　夕方まで待ってられないんですけど」

「幽霊の都合をオレに訴えられてもなあ」

そう言いながらもヲタ森は、急に大股で歩き始めた。コンパスの長さが違うのだから、ヲタ森の大股歩きにあかねが敵《かな》うはずがない。あかねは自然と小走りになり、回廊の切れ目に辿り着く頃には息が上がった。もしかして、自分に歩調を合わせるためにヲタ森はゆっくり歩いていたのだろうか。

切れ目から藪に入ってクマザサの間を進んで行く。この時季は森の奥まで光が届いて、プリズムの中を行くようだ。蜘蛛《くも》の巣だらけでヤブヤブで、たまに毛虫がぶら下がっていて、ヤブ蚊が多くて閉口した森だけど、今ではすべてが愛おしい。プラカードみたいな看板を卒業記念にもらっていきたいくらいだとあかねは思う。その前に卒論をやっつけてしまわなければ。

夢科学研究所に辿り着いてみると、入口ドアの前に姫香が座っていた。彼女はあかねとヲタ森に気が付くと、立ち上がって、「遅いよ!」と、叫んだ。

ヲタ森がポケットから鍵を出し、入口のドアを開ける間にあかねは訊いた。

「どうしたんですか。こんなに早く」

「一大事だから早めに来たのよ。何か手伝えることがあるんじゃないかと……どうだった？　フロイト教授は……」

首を伸ばしてあかねの背後を窺ってから、「いないのね」と、姫香は言った。

「フロイトは本館だよ。あっちの脳波測定器を使って悪夢の解析を進めてる」

ヲタ森はドアを開け、先に入ってストーブを点けた。

「じゃ、やっぱり悪夢を見ちゃった感じ？」

姫香はコンコンとノックして、返事がなくても中に入った。あかねのほうがお客さんみたいだ。

「そうなんです。真夜中にうなされて、心拍数が異常に上がって、トイレで吐いたり大変でした」

「だから風邪引いちゃったのね」

あかねは両手でマスクを押さえた。

「そうじゃないけど、寝不足で、作が悪くてどうしようもなくて」

「お肌はてきめんに出るもんね」

「卯田さんだけですよ。わかってくれるの」

「教授が死んだらあたしもここに入学する意味ないし、とにかく何か手伝わせてよ」

姫香はリュックを床に置き、ヲタ森が起動させているパソコンの前へ行く。

あかねも自分のパソコンを起動した。無人だった研究所は冷え切っていて、ストーブで部屋が暖まってくると、窓が結露で曇り始めた。ヲタ森はシンクで雑巾をしぼって持ってきて、あかねと姫香に窓を拭いてくれと言った。

「冬場は無人になると冷えちゃうんだよ。ここはただのプレハブだから」

「そうなんですね。いつもヲタ森さんがいるから知らなかったです」

「オレもいろいろ苦労してんだよ。わかってくれた？」

あかねと姫香は窓を拭き、その間に調査を進める準備ができた。ヲタ森はヤカンに水を汲《く》んでストーブにかけ、夢科学研究所がネット上で運営しているサイトの管理を姫香に任せた。ここへ来たばかりの頃にあかねがフロイトから任された仕事だった。中央テーブルに置かれたデスクトップパソコンを姫香に預け、あかねはノートパソコンで論文を仕上げる。ヲタ森や姫香が手伝ってくれたおかげもあって、期日までには間に合いそうだ。その後は、誰も、一言も話をしなかった。

シュンシュンとお湯が沸いたころ、乾燥を防ぐには十分だと言ってヲタ森がそれをシンクに運んだときも、あかねは夢中になって論文を書いていた。

いつの間にか一つのことに集中できるようになった。難しい本を読むことも、考えをまとめることも、発想を言葉にすることも、予測に基づいて準備することも、いつの間にかできるようになった。

気を散らすことなくやるべきことをやって、今夜も悪夢と戦ってやる。寝不足の頭とは思えないほどに、あかねは集中して仕事をし、そして突然、エネルギーが切れた。

「ちょっと見てくれ」

そのときヲタ森の声がした。

姫香は椅子をクルリと回し、あかねは自分の両目を擦った。

「どうしたんですか?」

「顔の再現映像できた」

「顔の再現映像って?」

昨夜いなかった姫香が訊いた。立ち上がってヲタ森のところへ行くので、あかねも立って説明をした。

「昨夜、フロイト教授が悪夢を見たとき、脳波計が画像を拾ったんです。すごく複雑なデータだったけど、何度も繰り返し見ているうちに、人の顔に見えてきて」

「それが人間の顔であるとＡＩに認識させて、予測画像を作らせたんだよ。そっか。プリンスメルはいなかったもんな」

ヲタ森は隣のパソコンに、フロイトの頭から引っ張り出した夢を映した。

「なにこれ、きしょい。こんなの見てたの？　オソロシイ」

姫香は顔をしかめながらも、

「モノホンのオカルトじゃない」

と、モニターを覗き込む。

「なんか喋ってるけど、口の動きがリアルっぽいわね」

「そうなんだ。それでいまフロイトが、口と舌の動きを切り離して読唇術を試みている。それ用のソフトにかけて言葉になるか試そうというね」

「もしも本当に言葉になったら、余計に気持ちが悪いわね。なんなのこれ……夢の映像じゃないみたい」

「卯田さんはなんに見えますか？　夢じゃなかったら、いったい何に」

あかねが訊くと、姫香は真剣に考えてから、

「ホラー映画のワンシーン？」

と、首を傾げた。

「ちょっと違うか……ホラー映画というよりは、オカルトの録画映像みたいだわ。こういうの、どこかで見たことあるような」

「プリンスメルはそっち系に詳しいもんな。なるほど……オカルトビデオねえ」

「ほらここよ、女の顔が近づいてくるでしょ。これって『そっち系』ビデオの常套手段よ。こんな怖い顔、わざとしなくたっていいのに」

「ホントに怖い顔ですよね。でも、もっと怖いことがあるんです」

あかねは怖くてマスクを押さえた。

それを知っているのは、ここでは自分だけなのだ。

「この女の人の目ですけど、医療福祉施設へ行ったとき、悪夢に感染した人が教授に夢をうつしましたよね？　そのとき私も彼女の瞳を覗いたんです」

「ペコはこの映像の白人女性が、感染者の瞳の向こうからこっちを見ていたっていうんだよ」

「ええ」

姫香はあかねを振り向いて、それから再びモニターを見た。

「のりうつっていたってこと？」

そうだ。その感覚が一番近い。あの瞬間の山田さんは、ほぼこの人だった気がする。

「この顔は普段の表情じゃないからさ、どんな人物かわかりにくいと思うんだよね。それで昨夜からオレがやっていたのは、レンダリングした顔を顔認証ソフトのデータに移行して」

「顔認証ソフトあるんだ？　ここって本当に貧乏研究所？」

「顔認証ソフトがあらゆる場所で使われるようになってから、ウェブ上にお試し版のソフトが出るようになったんだよ。各社とも新しいソフトのＰＲに必死だからね。それを使わせてもらって、と」

ヲタ森はソフトを起動させ、海外版の顔認証ソフトのデモ映像をサササッと見せた。対象人物が正面を向いていなくても、どの角度からでも特徴点や顔領域の位置や比率を照合できる仕組みのようだ。

「で、このソフトに照らしたら、悪夢に出てきた女性はコーカソイドの東スラブ系だとわかった」

「なんですか？　コーカソイドの東スラブ系って」

「コーカソイドは白色人種で、スラブ系はスラブ民族ってことよね。ロシアとかウクライナとかベラルーシとか」

「あ、じゃあ、言語ソフトもスラブ系に照らせばいいんですね」

「あとでフロイトにもメールしとくよ」

と、ヲタ森は言った。

「で、ここからだ。民族がわかったから、ここから先はAIに予測させて普通の顔のデータを作る。顔認証ソフトのデータを使って白人のスラブ系女性の平均的な顔を予測させ、再びデータに照らして補正する。言っておくけど、この『補正』って部分が大切だから。オレの本領発揮はここだから」

「はいはい。わかったから早く見せなさいよ」

姫香がヲタ森をせっついて、ヲタ森はモニターに女性の顔を映した。あのおぞましい映像から悪意を取り去った女性の顔が、ようやくモニターに登場する。

「……ふつう……ですよね」

と、あかねは言った。

もっと劇的に、悪魔的魅力を湛《たた》えた美しい人が映ると思った。でも、そこにいたのはあかねのお母さんくらいの年齢の、小太りで平凡な顔をした白人女性だった。

「普通ってなんだよ、普通って」

技術を貶《けな》されたと思ってか、ヲタ森は急に不機嫌になった。

「いえ、あれからこれが出せるってのはすごいんですよ。それはすごいんですけど、でも、なんか……」

「わかる。何人も殺しているわりに普通の顔をしてるのねってことでしょう？　事件の怖さに比べて」

「まあな。でも、それをオレに言われてもなあ」

あかねは怖々モニターに近づき、腰を折って画像を覗いて、また言った。

「こんなお母さんみたいな顔した人が、あんな怖い顔になるんでしょうか」

「そりゃなるだろ？　形相変えれば」

「何があったからあんな形相になったんでしょう」

ヲタ森はあかねを見上げて、「そこな」と、言った。

「城崎さんって、どんくさいくせに時々ハッとすること言うわよね」

「ちな、フロイトの夢ではこの年齢だけど、この人物の若いときの顔と、歳取ったときの顔もシミュレーションしてみたんだ」

ヲタ森はそれをモニターに呼び出した。少女のとき、十代のとき、二十代のとき、そして老人になった女性の顔も。それを見て、「あれ」と、姫香は眉をひそめた。

「どうしたんですか？」

姫香は首を傾げながらも『少女』の写真を指さした。六歳前後の少女のときも、女性は地味な印象だ。前歯の乳歯が抜けていて、ヘアバンドでおでこを出して、顔にそばかすができている。

「見たことある気がする。どうしてかしら」

「白人のお友だちがいたとかですか？」

「いないわよ」

「メディアに露出していたとかかな。もしや子役タレントだったとか」

「そうかもしれない。でも、ちょっと違う気がするのよね。なんだろう……この顔……けっこう特徴的よね？　額が広くて、目と目の間が離れていて、唇も薄い……あ、思い出せない。モヤるなあ」

そして姫香はヲタ森に言った。

「写真をプリントアウトしてくれない？」

「いいよ」

と言ってヲタ森は、それぞれの年代の写真を出した。姫香はプリンターから出てくる写真を取ると、中央テーブルへ持って行ってフロイトのデスクからペンを取り、右側の頬に黒子《ほくろ》を描いた。

「ああ、やっぱり知ってる気がする。見たことあるわ。でも、どこで見たのかわからない」

黒子を書き込んだ写真をヲタ森に見せる。

「ここに黒子があったはず。この写真でネット上のデータを探せない？」

「簡単に言うな。どんだけ時間かかると思ってんだよ。プリンスメルが思い出すのが一番早いよ」

「まあそうよねえ」

と、姫香は言って、自分の頭をガリガリ掻いた。

「……仕方がない。あたしがやるか」

「え、やるって？　何か作戦があるんですか？」

あかねを振り返って、姫香は苦笑気味に言う。

「この子を探す方法に、心当たりがないこともないの」

「どうやって探すんですか」

そして姫香は、大きな、大きな溜息を吐いた。

「うん。あのね……あたしが夢売りだったとき……あたし、友だちぜんぜんいないのよ」

「知ってる」

と、ヲタ森が言った。

「リア友は一人もいないんだけど、でも、ネットでつながった怪しい連中とはつるんでいたの。もちろんネット上でだけ。世界が狭いって言われてしまえばそれまでだけど、そっち系ってさ、解釈のしようによっては広いのよ。ただ、あたしが好んで棲んでた世界はあまり明るい方向じゃなくて、そんなあたしが見覚えあると思うってことは、探すべき世界が狭いというか……」

「どっちなんだよと突っ込みたくなるけど、言ってることは理解ができる」

「つまりこの女の子の顔は、そっち系のサイトで見たとしか考えられないの」

「なんですか？　そっち系のサイトって」

「オカルト系。幽霊、怪奇現象、黒魔術、猟奇事件とかそういう系ね」

「……あー」

と、あかねは頷いた。

「あたしね」

と、姫香はちょっと俯いてから、

「フロイト教授にコテンパンにされてから……ちがうな。白状すると、あんたがあたしにおにぎり分けてくれてから、そっち系の仲間と一切連絡とってないのよね」

「やめちゃったってことですか？」

「うん。なんか自分が惨めになったというか……枯れ葉に火を点けたりさ、あんたたちの大事な白衣をボロボロにしちゃったり……もうね、世界中は悪意の塊だから全部なくなっちゃえと思ってた自分が、あの一瞬で崩壊したのよ。必死に表情を殺していたけど、心ですごく泣けてきて、惨めで、たまらなくて、自分に腹が立って……」

何が起きたかわからないほどズタズタのボロボロになったのよ。と、彼女は言った。

ヲタ森は椅子を回して姫香を見上げ、何も言わずに聞いている。

「警察で調書取られたり、時間が止まったみたいな中で、だんだんわかって来ちゃったのは、世界が悪意の塊だったわけじゃなく、あたしが悪意の塊で、全部を憎んでいたんじゃないのかなって。あんたがくれた、なんでも入ったおにぎり食べたとき、ちょっとだけそこに小さい穴が空いて……フロイト教授がくれた入学願書を抱きしめて、一人でギャン泣きしたのよね。そしたらなんかスッキリしてさ、ここで勉強しようって思ったわけなの」

そう言うと、姫香は突然あかねをぎゅうーっと抱いた。

「あんたすごいよ。大好きだよ」

戸惑うあかねからパッと離れて、姫香は笑う。

「当時の履歴は家のパソコンに残っているから、サイトに繋げられると思う。この写真をアップして、知っている人をさがしてみる。わかり次第連絡するから」

「卯田さん」

あかねは両手を自分の胸に引き寄せて、「私も」と言った。

私も卯田さんが大好きです。と、もしも言ったら嘘になる。姫香のことを嫌いじゃないけど、そこまでの気持ちは自分にはなくて、むしろやきもちを妬いたりしていた。でも、なんだろう、この、胸の奥にホッカイロを抱いてしまったような感じは。

姫香が邪悪な夢売りだったことも、真新しい白衣を燃やされてしまったことも、憎たらしい物言いも、フロイトとヲタ森とあかねの世界にズケズケと踏み込んできたことも、なにもかもどうでもよくなるくらいには、あかねは胸が温かくなった。あのときに卯田さんが同じ感覚を抱いたならば。残り物をなんでも詰め込んだおにぎりが、孤独な彼女の悪意を溶かしたというのなら。

「わ、私も……」

「無理しないで。それじゃ、あたし行くね。ヲタ森氏も頑張れっ」

ヲタ森に人差し指を突きつけて、姫香は逃げるように出ていった。ドアが閉まって、窓の向こうに姫香の姿が消えていくのを、あかねとヲタ森はしばらく無言で見送った。

ピピー、ピピー、ピピー。と、その時どこかでアラームが鳴った。

姫香に何かうまいことを言うべきだったと考えていたあかねは、気持ちをざわつかせるその音で、頭の中に構築しかけていたすべての言語を失った。

「なんの音ですか」

ヲタ森は椅子から尻を浮かせてモニターを見た。

「フロイトだ」

フロイトの心拍計が異常な数値を出している。

波紋状のデジタルピクトが警戒を呼びかける音だったのだ。

「うそ、何があったんですか」

「わからない」

と言いながら、彼はスマホでフロイトに電話した。その横顔が引きつっている。あかねは心臓を押さえて倒れるフロイトの姿を想像し、祈りの形に両手を握った。

――風路です――

その声はあかねには聞こえなかったけれど、ヲタ森が一瞬目を閉じて息を吸い込んだので安心した。

「大丈夫ですか？　いま、こっちのＰＣに警戒表示が」

ヲタ森はあかねに頷くと、スマホのスピーカーボタンを押してくれた。

――大丈夫だ。心配させてすまなかった――

「何かあったんですか」

フロイトの声がしばし途絶える。

「フロイト？」

と、ヲタ森は訊いた。心配そうな声だった。

――いや……ぼくは大丈夫なんだけど……――

「大丈夫だけど、なんなんですか」

――結局また同じことを言うんだが……――

そしてフロイトはこう言った。『あれはただの夢じゃない』と。

――たった今、襲われた――

「え？」

――襲ってきたんだ。起きているのに襲ってきた。白昼夢とも違って、頭に直接現れたんだ――

「どういうことです」

――うまく説明できないよ。ようやく口唇の動きを分離できたので、言語学ソフトに照らしてみようと作業をしてたら――

「それですが、オレもデータの補正作業を終えて、顔認証ソフトに入れてみたところ、コーカソイドの東スラブ系女性であるとわかりました」

――そうか。じゃあ、スラブ系言語から調べてみることにするよ――

あかねも横から口を出す。

「城崎です。それで、ヲタ森さんが作ってくれた顔写真を見ていたら、卯田さんがその女性の子供の頃の顔に見覚えがあると言うんです」

――姫香くんが？　どうして――

「どうしてもこうしても、プリンスメルは心当たりを探ってみるって、オレが作った画像持って出て行きましたよ」

「何かわかったらすぐに連絡くれるそうです。それより教授」

――あ――

と、フロイトの声がした。

――ロシア語で検索したら、候補がいくつか挙がってきたぞ。英語やフランス語より的が絞られているようだ。まさか本当に言語化できるとは――

「なんて言ってたんですか?」

あかねが訊くとフロイトは、

――すぐには無理だよ。意味を成さない言葉の羅列も……まさか、これかな……?

――

わかったら電話する。と言って、通話を切ってしまった。

「え。なんで? 気になるんですけど」

あかねが言うとヲタ森は、

「AIだって万能じゃないから仕方ないだろ」

と、スマホをしまった。

「音声解析と違って、唇の動きの、しかもごく大雑把なところから類推してくわけだから、候補がいっぱい出てくるんだよ。それをいちいち照らし直して狭めていかなきゃ……ていうか、脳波を画像に置き換えて、そのデータから言語まで引っ張り出そうって言うんだからさ、ここまで来られただけでも垂涎《すいぜん》ものの成果なんだよ？　そこを先ず感動してくれなきゃヲタクや技術者が浮かばれないぞ」

「そうなんですね」

「なんだかな……ペコはいつも気楽でいいよな」

　ヲタ森が苦笑する。

「全然気楽じゃないですよ。一番大事なことを聞く前に、電話切られちゃったじゃないですか」

「なによ、一番大事なことって」

「教授の体のことですよ。襲われたって、なんですか？　寝てもいないのに襲ってきたとか、ただの夢じゃないって。それってつまり、眠らなくてもずっと怖いってことですか？」

　ヲタ森は腕組みをしてあかねの顔をじっと見た。ぼっさぼっさの前髪の下から鋭い眼差しだけ見える。細くて真っ直ぐな鼻梁《びりょう》と、一文字に結んだ唇。薄らと浮かび始めた髭《ひげ》の青さに気がついて、ああ、男の人なんだなあ、とあかねは思った。そんな場合じゃないというのに。

ヲタ森は「うん」と頷き、唐突に、

「お茶飲むか？」

と、あかねに訊いた。

「お茶ですか？」

立っていってヤカンに少しだけ水を汲み、それをストーブの上にかけ、紙コップを二つ持ってきた。

「ていうか、ここにお茶なんてありましたっけ」

「あるんだよ。オレの秘密のストックが」

自分のデスクの下にある引き出しから、ヲタ森は柚子茶《ゆず》のパックを二つ出し、封を切ってそれぞれのカップに注いだ。爽やかな柚子の香りがぱあっと広がる。

「わあ、柚子茶だ。ヲタ森さん、柚子茶なんて飲むんですね」

「オレはなんでも飲むんだよ」

「これ、どうしたんですか」

「購買会で値下げしてたから買っておいたの。風邪とか引いたら困るだろ？　医者にかかる金額と移動代と薬代を計算したら、これ飲む方が安いから」

そう言っている間にお湯が沸き、ヲタ森は一五〇cc程度の湯をカップに注いで、プラスチックスプーンで丁寧に混ぜた。一つを持ってあかねに手渡す。

しが入っていた。

「ふぁー……いい匂い」

あかねは椅子を引いてきて、ストーブの近くに陣取った。ヲタ森はさらに引き出しをかき回し、密閉容器の蓋を開けてあかねの前に差し出した。おばちゃん食堂の梅干しが入っていた。

「げ、梅干し。いつの間にこんなストックを」

一粒つまむと、ヲタ森はさっさと残りをしまってしまった。

「非常時用の蓄えだ。ペコもオレも寝不足だしさ、フロイトに至っては緊急事態だろ？　共倒れになっちゃマズいから」

梅干しを齧《かじ》りながら熱い柚子茶を二人で啜った。甘くて酸っぱい柚子のお茶と、しょっぱくて酸っぱい梅干しの組み合わせは、胸の隙間に温かく優しく染みこんでいく。

窓の外は風が強くて、枝がワサワサ鳴っている。機械に囲まれた空間を見ながら、あかねは『ほっこり』と『緊迫』の狭間《はざま》にいた。

「ヲタ森さん。訊いてもいいですか？」

「なにを？」

二本指でつまんだ梅干しを、膝に下ろしてあかねは訊いた。

「どんな感じなんですか？　フロイト教授と探し続けてきた悪夢が、ついに見つかった今の気持ちって」

ヲタ森は深刻な顔で、

「怖いよ」

と答えた。

「何もかも怖い。背中まで怖いよ。寝込みを襲われた感じというか、やられたなって思っているよ」

それはどういう意味だろう。あかねは黙って眉根を寄せた。

「うーん……オレはさ、単位取れなくてここにお助けされたわけじゃんか？　それまでは、ぶっちゃけフロイトのことをあまり好きじゃなかったのよ」

「え、衝撃です。そうだったんですか？」

ヲタ森は眉尻を下げて苦笑した。

「そりゃさ、イケメンでアウトサイダーで、やってるのが夢の研究？　まともな教授かよって思うじゃん。しかも人を殺す悪夢なんてさ……いや、だから……今はマジで……ホントにあったんだ、って思ってビビってる。ヤベえって」

「ヲタ森さんがビビったら、私も腰が退けますよ。だって、今までだってたくさん怖い目に遭ったのに、ヲタ森さんもフロイト教授も怖じ気づいたりしたことないじゃないですか」

「いや、それはさ、守るべき相手がいたからじゃん。なんとかしてあげなきゃって使命感がさ」

「同じゃないですか。守るべきは教授なんだから、もっとたくさん頑張らないと」

「そこだよ」

ヲタ森は顔を上げ、真っ正面からあかねを見た。

「そこがこんなに怖いんだ。オレも自分でビックリしてる。『誰か』を守るのと、『知ってる相手』を守るのじゃ、恐怖の度合いが段違いでさ。戦う恐怖に喪《うしな》う恐怖が勝つっていうか。オレ、親を亡くしたフロイトのこと、今までは漠然と『そりゃ大変だな、気持ちわかるわ』と思ってたけど、全然わかっていなかった。フロイトの祖父ちゃんの気持ちもさ、実はわかっていなかった。どうすれば救えるのかわからないのに喪うことだけ予測できるって、そりゃ、とんでもなくオソロシイよ」

よくわかる。あかねも同じことを思っている。もしもフロイトを喪ったなら、そして一度は対峙した悪夢を取り逃がしてしまったら、その先のいつかにまたこんな事態に出会ったとき、私たちはきっと自分を責める。フロイトのお祖父さんのようにフロイトのように。

「教授はずっと、こんな気持ちでいたんですね」

「どんな気持ち？」

「早く悪夢を見つけなかったら、どこかで誰かが死んでいるって気持ちです。だからあのとき、山田さんから夢をうつされて、『幸い』って言葉が出たんですね。ここで終わらせるって、あれは本心だったんだ」

「問題は、その終わらせ方だよ」

と、ヲタ森は言った。梅干しを食べ終えて、シンクに立っていって手を洗い、紙コップはゴミ箱に捨てて、梅干しの種を口の中でコロコロいわせながら戻って来た。

「オレが怖れているのはもうひとつ。フロイトはあの夢を自分の中に閉じ込めて、死ぬ気なんじゃないかってこと」

「えっ、イヤですよそんなの、絶対ダメです！」

「同感だ。だからこそ、やれることはなんでもやらないと。プリンスメルが言ってたろ？　人は眠らなくてもすぐには死んだりしないって。不眠の最長記録は十一日だ。悪夢のタイムリミットは十日前後。オレは何日完徹してもいいから戦いに勝つぞ」

「効率がいいとはいえません。寝なくても大丈夫かもしれないけど、頭の動きは鈍くなります」

「そこな」

と、ヲタ森は白い歯を見せ、

「ま、オレはヲタクで超人じゃないし、普通に寝落ちしちゃうかも。ただ、ヲタクにはヲタクのやり方があるから」と、言った。

「どんなやり方で戦うんですか」

「説明難しいから省くけど、ペコの言葉でヒントが浮かんだ。結果は見てのお楽しみだよ」

そして自分のデスクに戻った。

「そっちもやるべきことをやれ。焦って何も手につかないとかマジヤバイから」

あかねも梅干しの種を口に放り込み、コロコロいわせながらパソコンに向かった。

夢科学研究所のサイトには、閲覧者から多くのコメントが寄せられる。見た夢について報告してくれる人もいる。それらを分類したり、時にコメントを返したりするのがあかねの仕事だ。そこだけは、姫香に任せるわけにはいかない。初めはポツポツとしか来なかったコメントだけれど、夢科学研究所が悪夢の謎を解明したり、安眠枕の開発や、警察の捜査に協力したりしたことが知れていくと、コメントの数も膨大になった。当然作業も繁雑になったが、今ではあかねも文句一つ言わずにこなしている。

毎日夢の報告をしてくれるレンゲちゃんという女の子がいて、その貴重なデータはあかねが研究所に来る前から二年分くらいたまっている。今日もコメントが来ていたが、そのタイトルは『卒業します』になっていた。あかねは彼女のコメントを開いた。

――夢科学研究所のお姉さんへ

レンゲです。昨夜の夢は、むかし飼っていた猫でした。白い猫なんだけど、レンゲはその子を抱いて誰かのお家にいるんだよ。猫は眠っているんだけど、起きたらきっと暴れて下に降りちゃって、どっかへ行っちゃうに決まってると思って、起こさないように、でも逃げないように、一生懸命抱っこしている夢でした。でもね、猫はレンゲの気持ちがわかって、ホントは寝たふりしているんだよ。かわいい——

「ホントだ。かわいい」

と、あかねは呟く。メールには続きがあった。

——お姉さん。レンゲは中学生になる準備をします。これから勉強や部活が大変になるので、もしかしたら夢を覚えていられなくなるかもしれません。ごめんね。でも、時間があったら夢科学研究所のサイトを見に来ます。お姉さんも元気でいてください。レンゲの自慢は、サイトにレンゲが見た夢が本物みたいになって再現されていることです。いつも友だちに自慢するよ。

これからも、お姉さんたちの研究を応援しています。

レンゲ——

それはお別れのコメントだった。鼻の奥がツンとして、同時に見知らぬ少女の成長が誇らしいような眩しいような気持ちがした。ネット上に存在する夢のサイトと少女との関わりが、現実の成長で終わりを迎える。たかが夢、されど夢。少女はそこに何を求めて、何を思って、毎日コメントを寄せてくれたのだろう。

毎日。そこにあかねは少女の何かを見た気がするのだ。

あかねはレンゲちゃんに返事を書いた。花束の絵文字を織り交ぜて。

――レンゲちゃんへ

未来世紀大学夢科学研究所の城崎です。

レンゲちゃん、レンゲちゃんも中学生になっていくんですね。

実はお姉さんもこの春で大学を卒業する見込みです。だからレンゲちゃんのコメントにお返事を書くのはこれが最後になりました。いままでたくさんありがとう。

夢科学研究所のみんなは、レンゲちゃんから寄せられる夢の話をとても楽しみにしていました。一番大切なことは、レンゲちゃんは、夢を見た日も見ない日も、面白い夢も、そうでない夢も、ありのままに送ってくれたことでした。それが二年も続きました。これって、ものすごいことだと思う。ひとつのことをやり続けること。それができるレンゲちゃんはすごいなって、私も頑張らなきゃなって、ずっと教えてもらっていました。これからも部活をやって、勉強もして、友だちもたくさん作ってください。そして時々思い出したら、サイトに遊びに来てください。
レンゲちゃんのこれからをずっと応援しています。

夢科学研究所　城崎あかね――

メールを送信し終えてから、あかねはふと外を見た。シンクの後ろ側にある窓は、森がどこまでも続いて見える。敷地拡張のために買われた森が、狭山湖の方まで続いているのだ。湖から吹き上げてくる風が枝を揺らして、森全体がのどかに踊っているようだ。まだ葉っぱがないからか、優雅になめらかに揺れている。ふうわり、ふわり。ふうわり、ふわり。柚子茶の芳香と甘さが胸のあたりに漂っていて、背中をストーブの熱で温められて、あかねはようやくリラックスしてきた。
森の梢が静かに揺れる。ふうわり、ふわり。ふうわり、ふわり。

そろそろだ。と、ヲタ森がパソコンから顔を上げたのは、森に夕闇が迫る頃だった。フロイトの祖父の幽霊は、おおむねこの時間に裏側の森に現れて、回廊の方へ移動していく。一連の動きすべてが目視できるわけではないけれど、プレハブ近くにいる姿を以前に皆で目撃したこともある。ヲタ森は体を回して外を見た。木立を抜けてくる光が複雑な縞《しま》模様を作っている。夕日は金色で、枯れ葉が光り輝いている。

いた。

「ペコ。時間だぞ」

と、あかねを見ると、あかねはパソコンの前に突っ伏して、すやすや寝息を立てていた。

「はあ?」

と、ヲタ森は席を立ち、揺り動かそうとして手を止めた。あの騒ぎで、あかねはほとんど寝ていないのだ。夜っぴて作業をやり慣れている自分と違って、あかねは何につけてもゆるくてトロい。それでも彼女なりに頑張って、危なっかしいほど一生懸命になる。ふん、とヲタ森は息を吐き、幽霊がやって来る森を見た。風に揺れる枝の影が光を遮断したり動かしたりして、干からびた蔓草の影が窓ガラスに映っている。

「仕方ないなあ……オレはコミュ障なんだけどなあ」

あかねの代わりにフロイトの祖父と話をするべく、上着代わりに白衣を羽織り、外に出ようとしたときだった。シンクの奥の窓の向こうに、フロイトと同じ鼈甲細工のロイドメガネをかけた青年が立つのが見えた。それだけじゃない。青年のさらに向こうに、白衣を纏《まと》ったあかねがチョコンと立っているのだった。

「うぇ、ええ?」

ヲタ森は振り返った。

あかねはやはりテーブルに突っ伏して、軽い寝息を立てている。もう一度振り向くと、あかねと幽霊は森にいて、あかねがペコリとお辞儀した。

「ウソだろ、おい」

ヲタ森は自分のデスクに戻り、パソコンの脇に置いていたスマホを取った。あかねと幽霊のツーショットをカメラに収めようとして、ギュッと目を閉じ、考える。

「脳波は微弱電流だ。ものすごく繊細なバランスの上に成り立っている」

と、口の中でブツブツ言った。

「だから、だったんだ。だからあの幽霊は、見える時と見えないときがあったんだ……いま、ペコは睡眠時の脳波があっちの脳波とリンクしている……もしもオレがスマホを使えば……」

使っちゃダメだ。と、ヲタ森は自分に言って、再度窓の外を見た。そこにはもう幽霊も、あかねの姿もどちらもなくて、忍び足でヲタ森が窓に近づいて覗き込んだとき、斜めになった金の光に照らされて、あかねとフロイトそっくりの幽霊が回廊の方へと歩いていく姿が見えた。ヲタ森は眠っているあかねを振り返り、腕組みをして考えた。そして、「そうか」と呟いて、あかねを起こさないようコッソリと、自分のデスクに腰掛けた。ソフトを立ち上げ、設計図を呼び出す。

晩冬の日射しは狭いプレハブを容易に突っ切り、機材の影を壁に描く。その影を乱すかのようにヲタ森は、室内を行ったり来たりして作業を進めた。あかねが爆睡していたのはほんの三十分程度だったが、ハッと目を開けたとき、ヲタ森は自分のデスクではなく、床に胡座《あぐら》をかいていた。

「ふぁれ？　もしかして私、寝ていましたか？」

手の甲で口を拭おうとして、あかねはマスクをつけていたことに気がついた。よかった。涎《よだれ》が出てたらどうしようかと思った。そしてもう一度、

「私、寝てましたか？」

と、ヲタ森に訊いた。

「おはよう」

と、ヲタ森は作業を続行しながら言った。

「フロイトの祖父さんと話したよな？」

「え？　あ、そうだ。えっ」

あかねはガバッと立ち上がる。ヲタ森はようやくあかねを見上げて、

「ミッションは成功したの？　しないの？」

と、訊いた。あかねは「えええ」と、地団駄を踏んだ。

「今だったんですか？　私、寝ちゃった？　えええええ、ってつまりあれは夢だったってことですか」

床でヲタ森はニコリと笑った。

「夢ね？　どんな夢見たの」

「どんなって、教授のお祖父さんの幽霊に会って、教授と悪夢の話をですね」

「それで？」

「ていうか、ヲタ森さん。私、寝ちゃってたんですよ」

「知ってる」

「ふぇえええええ……どうしよう……こんなときに」

「いいんだってば。それより早く話してよ、夢ってすぐに内容忘れちゃうから」

「だって」

ヲタ森は窓を指してあかねに言った。

「オレは見たんだよ。フロイトの祖父さんとペコが一緒に外に立っているのを。ペコが見たのは夢かもだけど、それで正解。ペコは夢で世界を超えたんだ」

「どゆことですか？」

「フロイトの祖父さんの仮説だよ。精神でつながれる世界があって、夢の一部はその世界に精神が行くことだっていう。何を見たの？　話してみ」

「私が、教授のお祖父さんとそこに？」

「そ。そっちのペコは白衣を着てたな」

「あ、じゃあそれ私です。お祖父さんに会うならきちんと白衣を着なくちゃって思っていたから、夢の私は白衣を着ていて、それで、そっちの」

と、あかねはシンクの向こうを指した。

「前にタエちゃんが天ぷら用の花を摘みに来ていたあたりにいたんです。そうしたら、フロイト教授がやって来て、でも、髪の毛をオールバックにしてたので、お祖父さんのほうだなって思ったんですよ」

「ペコがペコリと頭下げんのも見た」

「下げました、下げました」

と、あかねは興奮して言った。

「よかった。じゃ、夢じゃなかったんですね！　あ。夢か」

「どっちでもいい。それで？　祖父さんはなんだって？」

あかねは椅子から降りて床に正座して言った。

「教授に伝えたかったけどノートに記載する体力がなくて、そのことがずっと気にかかっていて、夢の中で伝える機会を探していたと」

「……マジか」と、ヲタ森は呟いた。

「昏睡状態になってようやく気がついたことがあったのに、その時はもう体がいうことをきかなくて、書き残せなかったんだって言っていました。だから誰かに伝える術を模索して、夢は時間も空間も関係ないはずだから、夢に全霊をかけたって。そうしたら、何度もこの森を夢に見るようになって、私たちが夢の研究をしていることに気がついたらしいです。ここに教授がいることは知らなくて、夢の研究をしている私たちなら、メッセージを受け取ってくれるかもしれないと思って、ずっと声をかけようとしていたそうです。ヲタ森さんのことも知ってましたよ？　自分のことが見えないようで、無視されてしまうって」

「なに？　じゃ、あの幽霊はフロイトにメッセージを伝えたくて、ずっとこのあたりをうろついてたってこと？」

「さあ、そこまでは……」

あかねは素直に首を傾げた。

「まあいいや。先、早く。ていうか、祖父さんには伝えたの？　フロイトがピンチだって」

「というか」

「なんだよ」

「こっちだって一生懸命だったんですから。そんなにあれもこれも上手にできるわけじゃないですから」

あかねがイラついて言うと、ヲタ森は、

「だよな、すまん」と、謝った。

「いえ。別に怒ってないです」

「怒ってんじゃん」

「怒ってないけど、それで、ですね」

消えていくイメージと追いかけっこをするように、あかねは夢の記憶を追いかけた。大切なことだけは、どうか忘れていませんように。その前にヲタ森さんに伝えることができますように。

「あ、そうだ。お祖父さんが伝えたかったことは、チョッカンテキニンチプログラムです」

「なに？」

「チョッカンテキニンチプログラム。あと、殺人実験」

ヲタ森は眉間に縦皺を刻んで考えていたが、すぐに、

「もしかして、直感的認知プログラムかな？」

「そうでしょうか。聞いたまんまを伝えなくちゃと思っていたから、夢で耳にしたそのまんまです。殺人実験っていうのは私も漢字がわかったですけど、それが脳のリョウイキからカイリして？　えーと、なんだっけ……時空がない夢の世界に囚われてしまったとかなんとか」

「ちょっと待て。メモするから」

ヲタ森はスマホに文言を打ち込んだ。待っていられないのであかねは話す。インプットした事柄はすべて伝えてしまわなければ落ち着かない。フロイトの命がかかっているのだから尚更《なおさら》だ。

「苦しんでいるんだって言っていました」

「だれが？　祖父さんが？」

「そうじゃないと思います」

ヲタ森は何か文句を言いたげに口を開けたが、言わずに閉じて頷いた。

「だよな？　夢の中だもんな。ペコにしちゃよくやった。で？　ほかは？」

あかねは中空を見上げて目をパチクリさせてから、

「私たちのことを訊かれました。どうして夢を研究してるのかって」

ヲタ森が顔を上げて訊く。

「なんて答えたの？」

「単位のため……とは言いませんでした。ヲタ森さんはフロイト教授とずっと一緒にやってきた人だと言いました。教授が悪夢をやっつけるのを一番応援している人だと。私は何もできないけれど、やっぱり教授が大好きだから、お祖父さんと話をするために待っていたって言いました」

「そうしたら？」

「自分のことを『お祖父さん』って呼ぶのはやめてくれって。まあそうですよね。夢の中のお祖父さんはフロイト教授と同じくらいに若いですから」

ヲタ森は声も立てずに笑った。

「そして消えてしまったんです。あとはもう、森が光って揺れているのが見えるばっかりで、あれ、これって夢じゃないのかなって思ったらそこに寝てたっていうか」

あかねは少し口ごもってから、「役に立つ情報が聞けたでしょうか」と、呟いた。

そのときヲタ森のパソコンが、メールを受信した音を立てた。

ヲタ森は床に散らばった計器類やコードの中に座っていたので、あかねの顔を見て「メールだ」と言った。メーラーを確認して欲しいと言うのだ。

あかねは立っていってヲタ森のパソコンを見た、姫香からメールが来ている。

「卯田さんからです」

「開いて」

散らかり放題の機材を避けて立ちながら、ヲタ森が言う。

あかねがメールを開いてみると、一枚の画像が添付されていた。

「写真を送ってきています」

「ダブルクリックして画像を出して」

開封すると、それは海外の言葉で書かれた古い新聞の切り抜きだった。

写っているのは七歳くらいの、右側の頬に黒子があって、そばかすだらけで、両目の間が少し離れた、唇の薄い女の子だった。

「ヲタ森さんっ、あの人です。あの人の写真を送ってきました」

そう言ってあかねは本文を開いた。

——件名：ヲタ森氏へ
最強といわれた超能力者ナタリア・グラギーナ。七歳でカエルの心臓を止めることに成功。成功率は87パーセント。ナタリアの記録は四十二歳で忽然《こつぜん》と消えている。

四十二歳の時、超能力は眉唾だから国家の予算を割けないと明言した高官に、その能力が本物なら心臓を止めてみせろと言われ、ナタリアは遠隔操作で高官の心臓を止めようとした。高官は突然心筋症の症状を呈して倒れ、超能力を信じると言ったため、ナタリアが殺人操作を止めて息を吹き返した。

ナタリアのこうした能力は実験と称して半強制的に開発させられたものだが、ナタリア自身は力を使うと数時間から数日程度は体調を崩して寝込んだという。ナタリアに関する記録はこの事件以降は一切見つけることができない。

旧ソ連やアメリカに超能力専門の研究機関が存在したことはＣＩＡの公式記録にも残されている。

プリンスメル――

「あった……もしかしてこれのことじゃないですか？　教授のお祖父さんが言ってた殺人実験って」

「直感的認知プログラムは超能力実験のことだしな」

「そうなんですか」

と、振り向いたとき、ヲタ森の位置があまりに近くて驚いた。

「え、でも、この新聞すごく古そうですよ。そのとき七歳だった人って、今は何歳になってるんでしょう。ていうか、卯田さんのメールですでに四十二歳になってるし」

「米ソで超能力実験とかやっていたのはユリ・ゲラーのころだよな」

「生まれる前じゃないですか」

と、あかねは言った。

「フロイトの祖父さんが死んだのだって二十年以上前じゃないか」

「そうですね。あれ？　どっかでスマホが鳴ってません？」

ヲタ森のスマホが床でビービー震えていた。彼がスマホを取りに行く間も、あかねは姫香が送ってきた画像を見ていた。ヲタ森が作った少女の顔と新聞記事の写真はそっくりだ。違っているのは髪型と、姫香が描き足していた黒子くらいだ。この少女が大きくなって、あんなにも恐ろしい顔で呪いの言葉を吐くようになったのだろうか。フロイトの両親を殺し、施設の人たちを殺したのだろうか。

苦しんでいるって誰のこと？

いったい何がどうなって、こうなっているというのだろう。

「ヲタ森です」

ヲタ森は電話に出てから、

「フロイトからだ」

と、あかねに言った。口唇の動きで言葉がわかりそうだって、と教えてくれる。

「こっちもあの女の正体が……え？　はい、聞いてます。え」

スピーカーホンにしてくれるのを待ったけど、ヲタ森はそうしなかった。はい、はい、と言いながら、姫香が見つけたナタリア・グラギーナという女性のことをフロイトに告げた。

そしてしばらく話をしてから、すごく不機嫌そうにこう言った。

「今さらそれはないでしょう。まったく承服できません！」

ブッ！　と、電話を切ってから、

「ふざけんなよ」と、あかねに言った。

「私、ふざけてませんけど」

「ペコじゃないよ」

　ヲタ森はプリプリしながら戻ってきて、

「今さら一人でやろうとしているフロイトのことだよ」

「どーゆーことですか」

「危険だから手をひけみたいな言い方するけど、今が一番肝心だろ？　そもそも俺たちナシでどうにかできると思ってんなら、最初からっ、俺にっ、悪夢の話なんかするなっつーの」

「もしかして怒ってますか？」

「怒ってるよ」と、ヲタ森は言う。

「ヲタ森さんは教授に何を言われたんですか？　あの女の人がなんて喋っていたか、わかったんですよね。それと関係あることですか」

　ゴシゴシと顔を擦ってヲタ森は、メチャクチャ大きな溜息をひとつ吐き、あかねをじっと見下ろした。

「やっぱロシア語だったみたいだ。ヤー、ティビャ、ナシュラ」

「嫌、手羽、あしゅら？」

「だからロシア語って言ったじゃん。ya tebya nashla みたいな発音だよ。意味は、『見つけたぞ。おまえだな』だってさ。あの女はフロイトの頭ん中で、そう言ったんだ」

「……見つけたぞ、おまえだな」

その瞬間のナタリアの顔と、唇の動き、グワッと近づいて来たおぞましい姿がフラッシュバックして、あかねは心底恐ろしくなった。

見つけたぞ、おまえだな。

ナタリアはフロイトの夢に現れて、そんなことを言っていたんだ。

「え……やだ……どういう意味ですか……その人は、夢の中で教授を探してたってことですか」

「フロイトはそう思ってはいないみたいだ。医療福祉施設の人たちの場合、『次はおまえの番だ』みたいに言ってたんだろ？　たぶんそっちのほうが定番の言葉だったんじゃないかと言っている。でも今回は、悪夢に対するフロイトの敵意に相手が感応したんじゃないかと。犠牲者ではなく敵対者として認識されたようだって、なんか妙にテンション高くてさ」

「ええぇ、どうしてそれでテンション高くなれるんですか」

「アレが相談員の夢から手を引いたから。フロイトはそれを喜んでるんだ。お人好しにもほどがあると、俺は思うね。起きているのにフロイトが襲われたのは、だからだよ。それが証拠に『茶の香』の施設長が大学へ電話をよこして、フロイトとペコが相談員に催眠術をかけた夜から、うなされる声がぱったり止まったって。向こうは夢科学研究所が悪魔祓《ばら》いを成功させたみたいに思ってるかもしれないけど、そうじゃないから。ヤツがフロイトにターゲットを絞って、他の獲物に興味を失っただけだから。ぜったいそうだ」

「どうしてそうなっちゃったんですか」

「フロイトの執念が相手を刺激したんだろ。プリンスメルのメールにもあったじゃん。ナタリア・グラギーナは研究を否定した官僚の心臓を止めようとしたって。冷戦時代の超能力実験は軍事目的だったんだから、ナタリアは念力で人を殺す訓練をしてたわけだろ？　しかも子供の頃からさ。洗脳されて、事実上の殺人兵器になっていたのかもしれないし」

「そんなのひどいと思います。子供に人を殺させるなんて」

「他の国でもやっていたかもしれないけど、その手の実験は極秘扱いで、万が一外部に漏れた場合でも、オカルトだの眉唾だのと一笑に付してきたわけじゃん。でも、こうやって科学が進んでくると、あながち荒唐無稽な話じゃないよね？　時代が追いついていなかっただけで。今は電磁波を信じない人なんかいないだろ。同じだよ」

「じゃ、あの夢は、結局どういうことなんですか」

「夢って言葉を使うからややこしくなるんだよ。フロイトが言うように、あれはただの夢じゃない。フロイトの祖父さんが立てた仮説みたいに脳波でつながる世界があって、そこには時空が存在しない。ただしそこで起こったことは、直接脳波に影響するんだ。脳は生命維持装置の要だから、現実の肉体にも影響を及ぼす。ペコが言ってた殺人者だよ。そいつは脳に存在し、脳から脳へと移動ができる」

「近い脳波の動きをする人なら感染できるってことなんですね？　そして相手を殺すんですか？　なんのために」

「殺人実験」

そう言ってから、ヲタ森は憚《はばか》るように自分の拳を唇に当てた。

「過去の殺人実験が未来の今に影響しているんじゃないかとフロイトは言うんだ。旧ソ連に超能力実験の国家プロジェクトがあったことや、秘密の研究所が存在したこと、そこで数々の非人道的な実験が行われていたという噂……なによりナタリアの切羽詰まったあの表情から、フロイトは彼女もその犠牲者だと言うんだよ。犠牲者って言うけどさ、彼女は人殺しの張本人だろ」

「でも、ヲタ森さん」

と、あかねは言った。頭の中では、姫香や翠のことを考えていた。

「悪いことをする悪い人だから悪いことを楽しんでいるとは限りませんよ。本人が一番苦しんでいることだってあるじゃないですか」

「それって俺たちに関係ある？　殺し屋が誰か殺したら俺たちのせいなの？」

「そうじゃなく、教授のお祖父さんの話ともつながるんじゃないですか。苦しんでいるのはもしかして、ナタリアって人だったのかも」

「だからどうしろって言うんだよ？　ナタリアはすでに死んでるはずだし、出張ってきてるのは彼女の脳波っていうか、精神だぞ？　それに同情していいことあるの？　いいことしようが悪いことしようが、大人なら自分で始末をつけるべき」

「でも、子供の頃から人を殺す訓練ばっかりしてきたのなら、彼女にとっての『いいこと』は、『人をたくさん殺すこと』になりませんか」

「そこな」

と、ヲタ森は頷いて、納得したように考え込んだ。

「……たしかにペコの言う通りだな。だからナタリアは殺し続けているってことか。なのにフロイトが敵対したから、怒って戸惑っているってことかもな。今まで羊を狩る狼《おおかみ》みたいな気分でいたのに、初めて反発を感じたからか……それどころかフロイトは、彼女を受け入れちゃったんだもんなあ」

イラついていたヲタ森の表情が、幾分か柔らかさを取り戻してきた。

「フロイトは心理学者だからさ。虐待されたり、マインドコントロールされたりした人間は犠牲者だってスタンスなんだよ。ここから先はオレの勝手な憶測だけど、子供がカエルの心臓を止める実験とかさせられて、それが次第に猫とか、犬とかさ、果ては人間の心臓を止めるなんてエスカレートしていくのって、やっぱ耐えられないと思うよな。良心は乖離《かいり》させちゃって、悪意と殺意がエンジンにならないと、自分が崩壊してしまう……うーん……それは苦しいなあ、たしかに苦しい」

「ナタリアの殺意は時間も空間もない世界に閉じ込められているんですね」

「夢に潜んで繰り返される殺人実験。それが悪夢の正体か」

「それはエンドレスなんですか？　でも教授は終わらせるって。どうやって」

「本館へ行かないと」

と、ヲタ森は言った。

そして自分のノートパソコンにあるデータをクラウドにアップした。

「ネットを信用していないからクラウドに移すのイヤだったんだけど、今はそんなこと言ってる場合じゃないからな」

「私はどうすれば」

「完成した卒論、プリントアウトして持ってってフロイトに渡せよ」

「完成したの、どうして知ってるんですか」

「さっき寝てるときチェックしたから。誤字があったから打ち直しといた」

「ひええ。ありがとうございます。二回も読み直したのに」

「自分で打ってると気付けないものなんだよ。ストーブ消して」

「わかりました。床に散らかってるこれはどうします？」

ヲタ森はノートパソコンの電源を落とし、それを小脇に抱えて言った。

「明日には完成させるから、そのままでオケ」

「何を作ってるんですか」

「秘密兵器だよ」

「なんの？」

「あのな、秘密兵器ってのは、秘密だから秘密兵器なの。早く行かないとフロイトが心配だ。援軍も武器もなしに、あんなのに勝てるわけがない」

あかねとヲタ森が夢科学研究所を飛び出したとき、幽霊森はすでに薄暗くなっていた。

6　ナイトメアの殺人実験

介護福祉科棟へ来てみると、階の空気がまったく変わっていて驚いた。全体的にどんよりとして闇が濃く、電気が点いているのに薄暗い。廊下の照明もぼんやりとして、あかねは学長が電球の経費をケチったのではないかと思った。先を行くヲタ森のスリッポンの音が、ペタペタではなくポタポタに聞こえる。教室のドアは開けっぱなしで、微かに機器の音が漏れ、それなのに真っ暗に見えた。

「ヲタ森さん……なんか変じゃないですか」

「ヤバイ感じがビシバシするな」

ヲタ森はボッタボッタと足音を立て、フロイトがいるはずの教室へ向かった。

どうしてこんなに暗いんだろう。そして空気が冷たいのだろう。ただ冷えているというのではなく、ピリピリと肌を刺す。イヤだな、え、まさか。そう思った途端、あかねは走り出していた。ヲタ森を追い越して教室へ飛び込む。

照明が点いているにも拘わらず、室内にはどんよりと薄墨のような気配があった。

「あかねくん……どうしてここに」

どこかでフロイトの声がした。続いてヲタ森もやって来て、二人並んで入口に立つ。

まるで水中のようだと思った。広い教室はすべての照明が点いているのに、煌々とした明るさはなく、両脇に押しつけられたベッドや車椅子も、フロイト用に離したベッドも、あかねとヲタ森が使うベッドも、計測機器も、何もかも、青い月明かりに照らされているかのようだった。天井と床の間に黒い空気の層があり、それが明かりを遮って教室中に悪意が蔓延している感じ。

「夢が漏れ出しているみたい」

と、あかねは言った。本当にそんな感じがするのであった。

「ヲタ森。あれほど来るなと言ったのに」

ヲタ森は「チッ」と舌打ちすると、隅に寄せられたベッドの上にパソコンを置き、隣のベッドのシーツを剝いでクルクル丸め、頭上にかざして猛然と教室に飛び込んでいった。シーツで黒い空気を打つと、ブンブン振り回しながらあかねに言った。

「ペコ、窓を開けて空気を入れ替えろ。ここの空気はけったくそ悪い」

「はい！」

あかねは窓へ走って行き、教室中の窓を開け放った。冷たい風が吹き込んで、居並ぶベッドのシーツを揺らし、教室中が冷え切って、見る間に部屋が明るくなった。モヤのような気配は消え去って、機材の後ろにフロイトが真っ青な顔で立っていた。

「よし。いいぞ、寒いから窓閉めろ」

「はい！」

あかねはまた端から窓を閉めにかかった。ヲタ森も反対側から閉めていく。

その間、フロイトは何も言わずに二人を見ていた。外気が遮断され、空調のサーモスタットが稼働して、エアコンの音が大きくなる。明るい教室で振り向いたとき、フロイトの体がグラリと揺れて、足下から崩れるように床に倒れた。

「ヲタ森さんっ！　教授が」

叫ぶが早いか、ヲタ森は駆けていき、倒れたフロイトに覆い被さった。

「フロイト、おい、フロイト！」

あかねがそばへ行ったとき、ヲタ森はフロイトの胸に耳を当て、心臓の音を聞いていた。

「くそっ」

腕を摑んで仰向けにして、馬乗りになって心臓を押す。あかねは驚き、一瞬両手をバタバタさせてから、

「ええエーイーデー、ＡＥＤを持って来ますかっ」

「フロイト！」

ヲタ森は上体を起こしてフロイトを見下ろすと、片手を広げて胸に当て、その甲に自分の拳を力一杯振り下ろした。フロイトは「げほっ」と息を吸い、横様に転がって呼吸を始めた。ヲタ森はあかねに言った。

「シャワー室でタオル絞って持ってこい」

「はいっ！」

あかねはすぐさま駆け出して、さっきから私、『はい』ばっかり言っている、と考えた。介護訓練用のタオルを拝借し、冷たい水で洗ってしぼって教室へ戻ると、ヲタ森がフロイトを担ぎ上げ、ベッドへ運んで行くところだった。あんなに細くてひょろいのに、火事場の馬鹿力って本当なんだ。

「隣の大学病院へ連れて行きますか？　学長が緊急ブザーを押せば診てもらえるって」

「バカ、この様子じゃ隣へ行く前に死んでたとこだ。よこせ、タオル」

フロイトをベッドに仰向けにして頭の下に枕を置くのを待って、あかねはヲタ森に冷たいタオルを渡した。

「さんきゅ」

と言ってヲタ森は、フロイトの額をタオルで拭いた。

ロイドメガネがないことに気がついて、あかねは室内を見渡して、さっきフロイトが倒れた場所からメガネを拾って持ってきた。

「……バカはヲタ森だよ」

タオルごとヲタ森の手を摑み、ベッドの上でフロイトが言う。

「ぼくは来るなと言ったのに」

「は？　バカはどっちですか、ホントのバカは」

「ヲタ森さんの言う通りです。バカはフロイト教授のほうですよっ」

フロイトが息をしているのを見た途端、あかねは涙が溢れてきた。

「どうして一人で戦おうなんて。私たちのこと、いったい何だと思ってるんですか」

「教え子」と、ヲタ森が冷たく言った。

「もしくはただの学生か？　フロイトにとっては守りたい存在で、守らなきゃならない存在でもある。んなことわかってますけどね、オレたちの気持ちは無視ですか？　フロイトも俺たちにとっては守りたい存在で、守らなきゃならない存在なんです。あんたがいなかったら、入試頑張ったプリンスメルや、ダル・ソンノのお嬢様はどうするんです？　オレやペコに、一生後悔しろっていうんですか」

ベッドに腰掛けてフロイトを介抱しながらヲタ森は言う。腕に指を当てて脈を取り、

「リストバンドを外しやがったな」

と、呟いた。フロイトは薄く目を閉じて半開きの口で呼吸している。紙のように白い顔をして、唇が真っ青だ。

「……よかった……安定してきたぞ」

ヲタ森はベッドを降りて、フロイトの体を掛け布団で包んだ。ホッとしてあかねも腰が抜けそうになり、ヲタ森に支えられてなんとか立った。ヲタ森は椅子を二つ引っ張って来てあかねを座らせ、自分も隣に腰を下ろした。フロイトはタオルで顔を覆っていたが、やがて目を開けて天井を眺めた。

「危険だと思ったから……」

「んなこと最初からわかってたじゃないですか」

ヲタ森がきつく言うと、フロイトはこちらに顔を向け、

「たかが夢だと思っていたから」

弱々しくそう言った。ヲタ森はまだ腹の虫が収まらないらしい。

「アレの注意を自分一人に向けさせて、アレを道連れにしようとか考えてたんじゃないでしょうね。強い電流で脳波ごと消滅させてしまおうとか、そういうことを」

フロイトは笑い、「かなわないな」と、呟いた。

「オレが何年あそこにいると思ってるんですか」

「三年かな」

「十分でしょうよ」

そう言うと、ヲタ森は立ち上がって額のタオルを裏返した。

「もう大丈夫だ。気分はよくなったから」

「とてもそうは見えませんけどね」

大きな溜息を吐いてから、ヲタ森は俯いて自分の額を擦りながら、

「……たのみますよ」

と、静かに言った。

「オレはあんたに会わなかったら、生涯いちヲタクで終わっていたはずなんですよ。見えないものを映像にする。現実にはない世界をウェブ上に構築する。それが何になるのかと言われ続けて腐ってた俺に、フロイトは目を輝かせて言ったんです。人を殺す悪夢を探していると。『はあ?』ですよね。しかも夢の再現映像を創って欲しいだなんて……」

はあ? ですよ。と、ヲタ森はもう一度言った。

「俺がどんなにワクワクしたか知らないでしょう? なんだこいつ? 俺よりずっと変な野郎が大学で教授をやってるぞって……俺はあんたに救われたんです。それなのに俺を残してあっちへ行く? そりゃないよ。俺は夢科学研究所の、フロイトの右腕だったはずじゃないんですか」

フロイトはヲタ森を見て微かに笑った。

「植物の三次元データが売れそうだって？」

「誰がそれを」

ヲタ森があかねを振り返る。

秘密を漏らしていないあかねは、慌てて左右に手を振った。

「学長から聞いたんだ。企業が直接、大学へ打診してきたらしい。学長は喜んでいたよ。ただし、ヲタ森抜きに話を進める気はないし、ヲタ森から相談されるまで交渉に応じる気はないと言ってた」

フロイトは起き上がった。額から落ちたタオルを手に持って、ヲタ森とあかねに白い歯を見せる。

「いや、参ったよ。攻撃が頻繁すぎて、しばらくリストバンドを外していたんだ」

「バカなことを」

フロイトは頷いた。

「脳波を共有できるってことは、向こうにも、ぼくの考えていることが、すべてではないにしても感じられているかもしれないと思って、それできみたち二人のことは、なるべく頭から追い出したくてね。でも、どうやらこの分だと、早く決着をつけるべきかもしれないね」

「そのことなんですけどね」

ヲタ森は立っていき、入口近くのベッドに置いた自分のパソコンを持って来た。

姫香のメールを呼び出して、文面と写真をフロイトに見せる。フロイトは裸眼でそれを読んでから、お祖父さんの形見のメガネをかけた。

「なるほど。名前がわかったのはいいことだ」と言う。

「ぼくもちょっと調べてみた。超能力研究所では様々な実験が行われていたようだけど、六歳から七歳くらいの子供を使うとけっこうな確率でカエルの心臓を止めることができたらしいんだ。赤ん坊から子供までの成長期は能力が大人に勝るけど、大人になるとほとんどが念力を失ったそうだ。ナタリア・グラギーナは訓練によって能力を強化できた希有《けう》な例であり、今もって最強の超能力者と呼ばれているらしい。彼女の能力を開花させるために非人道的な実験が繰り返されたであろうことも想像に難くない。調べていくと、吐き気がするような実験の数々が出てくるよ」

「私、幽霊森で教授のお祖父さんと会って伝言を預かりました。ええと……」

あかねは困った顔をして、

「なんでしたっけ」

と、ヲタ森を見た。ヲタ森はスマホのメモを出し、

「直感的認知プログラムと殺人実験。それが脳の領域から乖離して、時空がない夢の

世界に囚われてしまったために、苦しんでいる。そう伝えたかったらしいです」

「すごーい、ヲタ森さんのほうがずっと理解ができていますね」

あかねが目を丸くしている前で、ベッドを降りながらフロイトは言った。

「祖父の言葉で確信が持てた。やっぱりあれは夢じゃない。ノンレム睡眠時の意識に侵入してくる悪意のテレパシーだ。ノンレム睡眠時は副交感神経が優位になって体の機能を低下させ、全身の回復を図ることができる。だからノンレム睡眠を阻害されると、人は疲れをためて弱っていく。ナタリア・グラギーナは念力を使えたが、使うと自身が疲弊して動けなくなることもあったという。直接人の心臓にアタックしたときは数日間寝込んだとも。だから本人に負担が少ないように、狙う相手のノンレム睡眠時に念力を送って少しずつ相手を殺す方法を開発したのかもしれない。もしかするとそれは彼女自身の睡眠も阻害して、夢の中の活動に置き換わっていったのかも」

「あー……私も理解できました。囚われているってそのことですね？　ナタリアの念力が夢の世界から出られなくなって苦しんでいる。お祖父さんはそう伝えたかったってことですね」

「俺もそれが近いと思う」

ヲタ森は腕組みをして頷いた。

「ペコがフロイトの祖父さんと話しているとき、俺は幽霊森にいる祖父さんとペコを見たんですよ。フロイトはあれを祖父さんの夢だと言った。祖父さんは夢でつながれる精神世界があると仮説を立てていた。そこには時間も空間もないと。

ナタリア・グラギーナは凄惨で非人道的な実験の被験者となり、小動物や人間を殺す能力を開発させられた。その能力を使うと本人もダメージを受けるのに、何十年も亘《わた》って訓練は続いた。その結果何が起こったか。本人の肉体は滅びたのに、心というか脳波というか、念力と言ってもいいけれど、そっちだけは肉体と乖離して夢の世界に残された。そこには時間も空間もないから、今も独りで人を殺し続けているってことじゃないのかなと」

「よくまとめましたね」

と、あかねは言って、ヲタ森は苦笑交じりのドヤ顔になった。

「そして彼女はぼくを見つけた。ぼくの憎しみを察知して敵と認識し、最優先で排除すべきターゲットだと考えている。人を殺す能力は身につけた。次は自分に敵愾心《てきがいしん》を持つ相手を倒すのが使命だと考えているのかも」

「私、思ったんですけど」

と、あかねは言った。

「その人すごくかわいそうです。六歳や七歳でカエルの心臓を止めたときには、遊びの延長みたいに思っていたと思うんです。でも、それがホントにできちゃったから、そのあとはずーっと実験をさせられていたんですよね？　学校には行けたんでしょうか。友だちはいたんでしょうか。研究が国家機密だったなら、彼女は外に出ることもなく、研究施設で大人になって、一日中人殺しの実験をしてたってことですか？　教授の頭から出てきたあの顔は、もう人間のようじゃなかったけれど、そんな毎日を送っていたなら、誰だってあんなふうになっちゃうなって」

「同情するのもいいけどさ、今は彼女をどうするか。そっちを考えなきゃだろ？」

「まあ、そうですけども」

ヲタ森はフロイトの方へ身を乗り出した。

「ぶっちゃけどうなんですか？　相手の攻撃具合ですけど」

フロイトは前髪を掻き上げた。

「疲れて意識が飛びそうになると襲ってくる。もう言葉は喋らない。心臓に圧がかかって、動悸がして、たぶん心臓を握りつぶそうとしているんだと思う」

「どう対抗するつもりだったんですか」

「できる限り引き寄せて、こっちの脳波と向こうの脳波を混ざり合わせることができないだろうかと思っていたんだ。研究所に隔離されて育ったならば、彼女の意識そのものは浅い倫理観や世界観に支配されているのではないかと考えた。教えられたことが真実で、殺すことが正義だと信じているのかもしれない。けれど、もし、ぼくの意識が彼女の中に混じり込み、別の価値観が生まれたら、彼女は混乱するはずだ。そしてきっと迷うだろう。そうすれば念力を発動する意義そのものを見失うのではないかと」

「だから独りになりたかったんですね。俺たちが人質に取られたり、こっちに悪意が伝播してこないように」

「近い脳波を持っているとわかったからね」

「了解しました」

そう言って、ヲタ森は膝をポンと打つ。

「ここからは俺の話を聞いてください。研究所でプリンスメルを交えてテレパシーの話をしているときに、ペコがトンチンカンなことを言ったんですけど」

「私、なにか言いましたか?」

「いつもトンチンカンだけど、たまにいいこと言うんだよ。トンチンカンないいことな? ペコは悪夢との戦いに関してチームバトルと言ったんです。みんなの脳波を一つにつないで、みんなで一緒に夢の殺し屋と戦うのかと」

「あー」

と、あかねは頷いた。

「ヲタ森さんに笑われたのは覚えています」

「あのときは笑ったけど、フロイトが言うバイパスを応用すればいいんじゃないかと。そうすれば俺たちがフロイトの夢に入って、フロイトと一緒にナタリア・グラギーナの意識に侵入し、価値観を崩壊させることができるんじゃないかと」

「どうバイパスするつもりだ」

「脳波実験のヘッドギアを使うんですよ。互いの脳波を互いの脳で感知する。モニターに呼び出していた映像を、俺らそれぞれの脳に再現するんです。実はもうギアを作り始めています。今からプリンスメルを呼び出して、なんならダル・ソンノのお嬢様も呼び出して、俺とペコとプリンスメルが一緒にフロイトの夢に入って、チームバトルをすればいい」

「研究所の床に散らかしていたのは、そのための装置だったんですね」

「装置じゃなくて装備ね。装置はあるのを使えばいいから。あと、散らかしてって余計だから」

「いや……それは危険だ。意識を交換するということは、向こうの悪意もこっちへ流れ込んでくるってことだ。彼女の悪意にまともに晒されるんだぞ」

「はい」と、あかねは手を挙げた。

「そうですけど、一対四なら四のほうが勝つんじゃないですか？　私と教授とヲタ森さんと、卯田さんはけっこう強いと思うし」

「悪意じゃ負けないってか」

ヲタ森が笑う。

「そんなこと言ってないじゃないですか。誰がナタリアの正体を突き止めてきたと思ってるんですか。卯田さんは教授のために、一度は縁を切ったオカルト仲間とネットでつないで」

「わかったわかった。わーかったから」

どうどう、とヲタ森はあかねをなだめ、

「プリンスメルに電話してみ」と言った。

「今からですか？」

外はもう真っ暗だ。

「朝になるのを待ってる場合じゃないと思う。プリンスメルが来られないなら、俺たち三人でやるしかないけど、まあ、俺的にはさ、ペコがいるから勝ち目はあると思ってるんだ」

「なんでですか？」

「うん。まあ、それはね」

と、フロイトも笑った。あかねは訝《いぶか》しげな顔をしながら、

「ちょっと電話してみますね」

自分のスマホを取り出した。

午後九時三十五分。

静まりかえった介護福祉科棟の階段の下から、姦《かしま》しい声が上がってきた。

介護用ベッドが置かれた部屋でヘッドギアや装置の用意を進めていたあかねたちは、一体何の騒ぎだろうと手を止めて、互いに顔を見合わせた。声は若い女性のもので、互いに罵り合っている。

「はーなーしてっ、私はひとりで大丈夫だから」

「摑んでいるのはそっちでしょ、そんな靴履いて、バカじゃないの」

「あなたが階段から転がり落ちないように、わたくしが押さえてあげてるだけでしょ。だからエレベーターを使えばいいのに」

「エレベーターなんか使ったら、あんたの香水の匂いで窒息するわよ。あんただけエレベーターに乗ればいい」

「いやよ。夜の学校怖いじゃないの」

ヲタ森が眉をひそめて、

「アレも呼んだの？」

と、あかねに訊いた。

「いえ。電話したのは卯田さんだけです。調査に協力してもらったし」

「それじゃどうしてアレが来てるの？　お嬢様だろ？　あの声は」

あかねよりヲタ森より早く、フロイトが立って見に行った。教室の外から、

「きゃあ、先生。お出迎えありがとう〜」

塚田翠の甘えた声がして、

「ったく、冗談じゃないわよ」

姫香がプリプリしながら一人で教室に入ってきた。もっこりしたパーカー姿で背中のリュックを肩に担ぐと、あかねとヲタ森のところへやって来る。

「来てあげたわよ。あとこれ、バイト先から持ってきた焼き鳥」

「焼き鳥〜！」

あかねが袋を受け取ると、ヲタ森には珍しく、

「なんでお嬢様を連れて来てんの？」

食べ物のことより先にそう訊いた。

姫香は凝りをほぐすかのように肩を回しながら言った。

「なんでって、バイト先で酒飲んでたのよ。あの女は合コンだって」

「全然答えになってない」

「あんたが」

と、姫香はあかねを指して、

「SOSをくれたとき、あの女がトイレに立ってきて、あたしの電話を盗み聞きしたの。それで外までついてきて、大学へ行くならタクシー代出すっていうからさ。ここまで連れてくる気はなかったんだけど、考えてみたら、あたしたち全員が向こうへ行った場合、誰か様子をみていたほうがいいのかなって。そう思ったから連れてきた」

「卯田さん、それはナイスです！」

と、あかねは言った。

「でも、酔ってんのよアイツ。チューハイ一杯でへべれけとか、考えられない」

「一杯でかー……」

ヲタ森は難しそうな顔で入口を見やった。塚田翠はフロイトの腕にしなだれかかるようにして、一緒に教室へ入ってきた。室内を見渡してご機嫌で言う。

「うわあ、懐かしい。思えばここだったわよね？　私と教授が出会ったのは」

そして部屋の真ん中に、向き合うように並べられた四つのベッドに駆け寄った。

「ダル・ソンノの寝具じゃない。ああ、そうか。学長が注文くれたのよね。うちは六掛け半で卸してるのよ。この大学は特別ね。私から父にお願いしたから」

「あうるさい、酒臭い」

と、姫香は辛辣な声を翠に向けた。

「なによ。タクシー代出してあげたのにお礼もないの?」

「こっちが頼んだわけじゃないし、あんたが頼んできたんじゃないの。教授のところへ行くならタクシー代出すから連れてってーって」

「口の減らない女だわね」

「あの、すみません。今はそれどころじゃないんですけど」

両手で自分の首を摑んで、項を揉みながらあかねは言った。

命がけなのだ。本当にフロイトに危機が迫ってきているのだ。それをどうしても知ってもらいたい。フロイトはベッドの脇に立ち、姫香と翠を交互に見つめた。そして先ずは姫香に訊いた。

「あかねくんから話を聞いてくれたのかな」

「聞きました。協力します」

「え。何よ? 私だけ知らない話をしているの? 私はここのスポンサー」

「塚田翠くん」

と、フロイトは振り返る。

「はい」

「きみも来てくれたのはなぜ?」

「なぜって、この女に」と、姫香を指して、

「協力できる程度のことなら、私だって協力できるからよ。春からここの学生なんだし、そっちもそうなら、こっちだって」

「つまりは競争心ね」

と、ヲタ森が言う。

「ミドリさんのことは卯田さんが連れて来てくれたんです。みんながあっちへ行くのなら、経過を見守る人が必要だって」

「聞いたかい？」

と、フロイトは翠に訊ねた。

「卯田姫香くんはきみを信用して連れてきた。きみにぼくたちの様子を見ていて欲しいと」

翠は顔をしかめて聞いた。

「なんの様子を見ていて欲しいって？」

「平たく言うと睡眠実験なんですけど、詳しく言うとテレパシーのバイパス実験というか」

「なによそれ？」

頭を突き合わせて十字に並べたベッドの真ん中にバイパス装置が置かれている。それぞれのベッドにはヘッドギアもあるが、夢を映し出すモニターはない。

フロイトはベッドの中央に立って翠を見た。

「きみが悪夢に悩んだように、今はぼくが悪夢に殺されそうになっている。それは本物の殺人夢で、見た者の命を奪うんだ」

「ちょっとウソでしょ」と、翠は言った。

「ぼくが夢の研究を始めた理由は、その夢を探すためだった。そしてようやく見つけてみれば、それは夢であって夢ではない、悪意のナイトメアだったんだ。今からそれを退治しに行く。装置を使って同じ夢に入るんだ」

「あんたたち四人で行くっていうの？」

あかねはコクンと頷いた。

「私も行くわ。教授に命を救ってもらったのは私なんだし」

「ところがそうはいかないんだよ。ぼくたちは事前に脳波の検査をして、同じ映像を見られることがわかっている。今からきみの脳波を調べる時間はない。ぼくの心臓はすでに狙われていて、眠れば悪夢に襲われる。いつまでもつか、わからない」

「そんな……本当のことなのね」

フロイトは頷いた。

「そこできみにお願いがある」

翠はフィットアンドフレアの上着を脱ぐと、空いているベッドに放って言った。

「なんでもやるわ。何でも言って」

「ぼくたちが眠ったら、ここで様子を見ていて欲しい。そしてもし、ぼくらの様子が変化したなら」

「どんなふうに？」

「最初はうなり声を上げると思う。でも、それは夢に入った証拠だから起こしてはならない。けれど体が痙攣したり、口から泡を吹いたり、白眼をむいたりした場合は、すぐに揺り動かして欲しいんだ。同時に症状が出た場合は、最初に姫香くんを、次にあかねくんを、そしてヲタ森を起こして欲しい」

「フロイト教授は？」

「もちろんぼくも。最後でいいから」

翠は緊張の面持ちで、何度も、何度も頷いた。

「横になって目を閉じれば、たぶんすぐに始まるはずだ。その結果なにが起きても責任はぼくにある」

「なにが起きるの？」

「なにも起きないといいけれど」

そう言ってフロイトはあかねたちを振り向いた。あかねもヲタ森もすでに覚悟はできていたけれど、姫香だけはワクワクした顔をして、誇らしげなドヤ顔を翠の方へ向けていた。

翠はヒールの高いブーツを脱いで、介護福祉科の来客用スリッパに履き替えた。さらに、ビラビラした服では有事の時に動きにくいと、自発的に大学が用意している介護用の制服に着替えたが、デザインがダサいと文句を言うのは忘れなかった。ヲタ森が全員の頭にヘッドギアを着け、最後は自分の頭に装置をつけてベッドに入ると、翠は刑務所の看守よろしく頷いて、四人のベッドの周囲を巡回しながら眠りを見守ると約束をした。カールしたロングヘアを一つにまとめ、スリッパで立つ翠の姿は、それなりに頼もしいものだった。

安眠枕に頭を載せると、眠気はすぐにやって来た。フロイトもヲタ森も寝不足で、姫香も夜のバイトを終えたばかりで、枕に引き込まれるような眠気を感じつつ、あかねはこれから見る夢を怖れた。目を瞑《つぶ》り、想像の中で腕を伸ばすと、誰かがその手をギュッと握った。見れば隣にヲタ森がいて、あかねと手をつないでいる。もう片方の手にはフロイトがいて、あかねと姫香をつないでいた。

もうこれは夢なのかな。四人一緒に暗闇の中へ落ちていく。

しばしあと、あかねは彼らと共に、殺風景な建物にいた。

――これは○、これは×、全部当たったからもういいでしょ。お家に帰る――

小さな子供の声がした。

あかねたちは見知らぬ場所の廊下にいて、四人で顔を見合わせていた。

「ナタリアの夢の中だよ。記憶が迷走しているんだ」

フロイトが言う。

――ナータ。お家はもうないんだよ。パパもママも死んだんだ。悪い兵隊が爆弾を落として、ナータのお家は壊れたんだよ――

――うそよ。ナータのお家はあるわ――

――ないんだ。みんな殺されたんだよ――

子供はヒステリックに泣き叫び、その瞬間、廊下中の電球が爆発して暗闇になった。

真っ暗なのにヲタ森が見える。フロイトも、姫香も見える。

「あたしたち、入れたの？」

と、姫香が訊いた。

「実験の成果としては喜ぶとこだけど、そんな場合じゃないな。あんな小さいときから実験材料にされていたのか。親たちが死んだってのも嘘だろ？　ひどすぎ」

ヲタ森が言う。

「偽装して、ナタリアには家族が、家族には子供が死んだと思わせたんだ。ここへ優秀な子供を連れてきて、親が殺されたと吹き込んで、相手を憎ませたんだよ。怒りのエネルギーは強大だから」

フロイトが言ったとき、世界はグルリと回転した。

目の前にテーブルがあり、白衣を着た大人と軍人が見守る中で、少女がガラスケースに入れたラットを見ている。

――やるんだナタリア。ネズミを殺せ――

少女はガラスケースに近づくと、目を大きく開けてラットを見つめた。

――ほんとうにこんなことができるのかね――

――シッ、静かに……ナタリアは集中しています――

ガラスケースの脇に置かれた書類ホルダーがカタカタ揺れて床に落ち、ケースの中でラットが暴れ回っている。ナタリアは動かないが、ボールペンがテーブルを転がって、ケースも揺れ、ラットはますます暴れながら、不意に横倒しになって痙攣を始めた。

数秒後、ラットは死んでナタリアも倒れた。

「初めはカエル、次はネズミ、徐々に対象を大きくしていったんだ」

フロイトが言う。

――やめて、助けて――

暗闇の向こうで少女が叫ぶ。

その声に気付いた姫香がフロイトの手を引いて、闇をガンガン進んで行く。フロイトはあかねの手を握り、あかねはヲタ森を引っ張って行く。

――したくない。どうしてしないといけないの――

声は鉛の扉の奥で聞こえる。

扉には鉄格子が塡《は》まっていて、その隙間から室内が見える。

ナタリアはベッドに括《くく》りつけられていて、腕に点滴の針が刺さっている。ナタリアが叫ぶとベッドが揺れて、天井のライトが明滅する。エクソシストの映画のようだ。

「なにをしてるの?」

姫香が訊いた。

「思春期を過ぎると能力を失うというデータから、彼らはナタリアの成長を止めたんだ」

「え、ひどい、どうやって」

あかねが訊くとフロイトは、

「薬で強制的にホルモンを遮断、そのあとは、外科的手術で子宮や卵巣を取り除いたんだよ」

「マジか……ひでえな」

ヲタ森は吐きそうな顔をしている。

――殺せ。殺すんだ。早くやれ、おまえの親を殺した連中に復讐《ふくしゅう》するんだ。心臓を止めろ――

誰かが命令する声だ。フロイトが言う。

「彼女に選択肢はなかったんだよ。悪意しか植え付けられていないんだから。あれを見て」

それは灰色の部屋だった。トイレ代わりのバケツがひとつ。洗面器と水入れ、粗末なベッド、そこに腰掛けているのは見るかげもなく変わり果てたナタリアだ。歳の頃は三十前後。目だけが異様にギラギラとして、体は細く、唇は薄く、髪はボサボサで表情がない。窓の鉄格子は渦巻きの形に曲がっていて、天井の照明は割れ、壁の隅を這い回るゴキブリが、ポトン、ポトンと一匹ずつ床に落ちている。床はナタリアに殺された虫で真っ黒だ。

「ひどい、こんなのひどすぎます。彼らが殺したのはナタリアじゃないですか。あの人たちは、よってたかってナタリアの人間性を殺したんです」

「あかねくんの言う通りだよ。ここまでひどいとは思わなかった」

「マジあり得ないレベルでひでーな。彼女はずっと、こんな悪夢に囚われているってことか」

「これじゃ誰かを殺したくもなるわよ。周り中が親の敵《かたき》と思ってるんだから」

「このあとが例のシーンだ。彼女の精神は崩壊し、悪意と殺意だけがここに残った。それが間もなく襲ってくる」

フロイトはあかねと姫香の手を離し、庇うように前へ出た。正直に言うと、どこが前でどこが後ろで、どっちが上で、下なのか、全くわからない空間だったけれど、とりあえずフロイトは前に出た。あかねは姫香を引き寄せて、

「どうやって戦ったら」と、呟いた。

「それがわかれば」と、姫香も言う。

「チームバトルだ、ペコが自分で言ったじゃないか」

ヲタ森が握った手に力を込めたとき、あかねは閃いた。

「あ、わかりました。だてに夢科学研究所のサイトを運営してきたわけじゃないですから。私に秘策が浮かびました。ここって夢の中なんですよね？　他の夢とは違うけど、私たちは夢の中にいる。夢の中なんだから、なんだってできるはずですよね。空を飛んだり、口から光線出したり」

「ペコはさ」

ヲタ森がそう言ったとき、暗闇に亀裂が入ってひび割れて、次にはすべてがばらけて足下に落ち、真っ白で何もない空間が現れた。フロイトの背中が緊張している。

——やっと見つけたぞ　おまえだな——

その声は世界が震えることで直接全身に聞こえてきた。

締め付けられるように脳が痛くなり、あかねたちは握っていた手を離して自分の頭を抱えなければならなかった。頭の中に悪意が響く。

死ね死ね死ね……死ね死ね死ね……

「SNSかよ」

と、苦しみながらもヲタ森が言う。

ホントに死ぬほど痛かったのに、それであかねは笑ってしまった。

死ねしねしね……しねしね死ね……

少しだけ、声が乱れた。フロイトが腰を折り、自分の心臓を押さえてうずくまる。

「教授！」

あかねは叫んだけれど、ものすごい風が吹いてきて動けない。

姫香が素早く四つん這いになって、

「あれよ、あれを見て」

と、あかねたちに言った。

おぞましい顔が世界を覆って、呪いまじりの息を吐く。その息があかねたちを吹き飛ばし、フロイトを殺そうとしている。シネシネシネ……死ねしねシネ……フロイトはのたうち回る。苦しげに口を開け、両方の目玉が飛び出しそうだ。

「フロイト！」

と、ヲタ森が叫ぶ。自分も倒れて這いつくばりながら、フロイトを庇って覆い被さり、抱きかかえてから前に出ていく。シネ、死ね、しね……ナタリアは叫び続ける。呪いの言葉が弾丸のように飛んで来る。

「うーっ、ちゃああああーっ！」

と、変な声であかねは叫んだ。顔を上げて風を受け、飛ばされそうになりながらも、四つん這いからなんとか立ち上がり、どーん、と片足を前に出した。

と、姫香が訊いた。両腕で風を除けながら、

「どうする気なの」

「あああああーっ！」

と、あかねはさらなる雄叫《おたけ》びをあげた。

苦しかったね、辛かったね、あんな目に遭ったなら、誰だってそうなるよ。私なんか死んでしまうよ、きっとその方が楽だったよね。その悲しみと、その辛さ、孤独、不安、そして憎しみ。わかる。わかるよ、当然だよ。あなたは自分を殺すしかなかった。だって、どこにも逃げられないから。悪いのはあの人たちだ。あなたにウソをついたあの人たちだ。お母さんと引き離し、お父さんと引き離し、動物を殺させた。

その瞬間、あかねの足は風に逆らい、フッと体が宙に浮かんだ。

あかねは思い出す。無様にしか空を飛べない夢を見て、でも、それが夢だと認識すれば、やがては夢を自由に操ることができるようになるとフロイトが教えてくれたことを。夢を夢だと認識しながら見る夢だ。夢をコントロールできる夢。

「めんせき夢です！　めんせき夢ですよ！」

あかねが叫ぶと、

「それを言うなら明晰夢！」

もっと大きな声でヲタ森が叫んだ。あかねは片手を前に伸ばして拳を作ると、自分の拳に引っ張られるようにしてナタリアの顔面めがけて空を飛ぶ。

「すごい！　城崎さん、いけ！　いけーっ、行ったれやあ」

姫香の声援に背中を押され、あかねはナタリアの顔面に全身全霊で突っ込むと、両腕を広げて彼女を抱いた。

姫香が自分にしてくれたように思い切り、力を込めて、ぎゅううううーっと。

しねしねシネシネ……

あかねの腕の中にいるのは少女であった。右の頬に黒子があって、髪は短く刈り上げられて、頭に無数のピンが刺さって、白い病衣を素肌に纏い、病的に青い顔をして、怯えと怒りを含んだ表情をしている。死んだように唇は凋れ、目の下が赤く腫れ上がり、腕も体も骨っぽい。

「大丈夫だよ。もう大丈夫」

そしてあかねは姫香を呼んだ。

「温めて。この人を温めて」

さっきまで這いつくばっていた姫香は、立ち上がると背中に真っ白な翼を生やした。翼を広げ、優雅に空を飛んでくる。あかねの反対側に立ち、優しく少女の背中を抱いた。

「ヲタ森さんも！」

呼ぶとヲタ森は未来の乗り物トヨタFV2に乗って来た。バットマンのコスプレをしている。フロイトは白衣のまま立ち上がり、歩いてきてナタリアの体を抱いた。

手を握り、背中をさすり、辛かったねと心で言った。『しねシネシネ』は止まったけれど、ナタリアはなにも答えない。

本当に心が死んでしまったんだ。苦しすぎて、耐えきれなくて、自分を殺してしまったんだ。そう思うと、かわいそう過ぎてあかねは泣けた。天使もバットマンも泣いている。フロイトもだ。ああ、そうか。これはナタリアの悲しみだ。それが私に染みてきて、泣かずにいられないってことなんだ。あかねはナタリアの頬に頬を寄せ、目を閉じて、つぶやいた。

「……あったかい」

それは心の奥底に、ほんのり火を灯《とも》すようなあたたかさだった。小さな、小さな灯だけれど、こんな悪夢の中にいても、未来世紀大学を卒業しても、大人になっても、お婆ちゃんになっても、消えることのない想いだ。この灯をあなたに置いていく。ナタリアの悪夢に置いていく。私たちはまた集めるから。そしてあなたに会いに来る。悪夢に入って、次の灯《あか》りを置きに来る。そうやって、あなたのことを温めるよ。あかねが彼女を抱く腕に力を込めると、ヲタ森も姫香もフロイトも、同じように力を込めた。

その時ナタリアは、顔を上げてあかねを見つめた。

真っ暗で、洞《うろ》のように寒々しい目。では、もうなかった。それは確かに人間の目で、彼女と目と目を合わせた瞬間、ナタリアは白い光になって一直線に上って行った。ナタリアを失ったあかねたちは互いを抱きしめ合っていて、そしてハッと目が覚めた。

そこは介護福祉科の教室で、頭にギアを取り付けて、安眠枕に頭を載せていた。

「うわ、ビックリした。なんなのいきなり目を開けて!」

ベッドの脇で翠が叫ぶ。

あかねが体を起こしたとき、隣でヲタ森も起き上がった。

後ろを向くと姫香もムクリと体を起こした。

「教授は？」

フロイトは腕を上げ、仰向けのまま両方の手をヒラヒラ振った。

「おかげで無事だ。ぼくは生きてる」

そのままパタリと腕を落とし、すやすやと寝息を立て始めた。翠が顔を覗き込み、

「なんなの、いったいどうしたの？」

誰にともなくそう訊いた。

最初に立ち上がったのはヲタ森で、姫香のそばへいってヘッドギアを外し、次にあかねのところへ来た。

「悪夢は去った。んだと思う」

「え？　実験は成功ってこと？」

翠は口を尖《とが》らせながら、そっとフロイトのベッドに寄って、

「教授の寝顔、かわいい～」

と、変な声を出した。

「スマホで撮っちゃお」

「そんなことして単位を落とすぞ」

ヲタ森が釘《くぎ》を刺す。

「偉そうに命令しないでよ。誰にも見せないから平気よ」

そしてパシャパシャと写真を撮った。

「ったくお嬢様って生き物は……」

ブツクサ言いながらあかねの電極を外し終えると、ヲタ森は思い出したようにクックと笑った。

「ていうか、ペコの空の飛び方」

「あっ、そういうことを言うんですか？　ヲタ森さんだってなんですか、バットマンのコスプレで」

「知らないのか？　バットマンは最強なんだぞ」

「あれはチョー受けたわよね」

姫香が言うと、あかねは姫香をマジマジ見つめて、

「卯田さんこそ。心の中は天使だったんですね」

と言った。姫香は耳まで真っ赤になった。

「フロイトだけそのままだったよな？　あれも受けた」

「えー、なんなの三人で、私に見えない話して。私ひとりで四人も見るの、すごく大変だったのよ？　変な声で唸るわ、寝言は言うわ、腕は振り回すわ、メチャクチャ怖かったんだから」

「ていうか、俺たちやっぱ、同じ夢の中にいたんだな」

「そうですよ」

あかねが興奮し始めたとき、ヲタ森はフロイトを見て「シー」と言った。

「ようやく眠れたんだ。ゆっくり眠らせてあげないと」

「ヲタ森氏はなぜか教授に優しい。惚れてるからね」

「失敬だな。俺とフロイトは戦友なんだよ」

「卯田さんとミドリさんは天敵ですもんね」

「それでうまいこと言ったと思わないでよ。ペコっぱちのくせに」

「ペコっぱちってなんですか、ペコっぱちって、そんなこと、ヲタ森さんにだって言われたことないです」

十文字に並んだベッドのひとつで、フロイトは静かに寝返りを打った。

そして、こっそりと、声を殺して笑っていた。

きみたちは最高だ。きみたちと過ごせた短い時間は、ぼくにとって何よりの宝物だ。

フロイトはそう思いながらも、ヘッドギアの電極は寝返りを打つとき頭皮に当たるから改善の余地があるなと考えていた。


翌朝は、今までにないほど快晴だった。その代わりに冷え込んで、あかねが寒くて目を覚ましたとき、ヲタ森が窓の前に立って外を見ていた。翠も姫香もまだぐっすりと眠っていて、フロイトのベッドは空だった。あかねは上着を羽織って起きて、目を擦りながらヲタ森のそばまで行った。

（おはようございます）

小さな声でそう言うと、

「おはよう」

と、ヲタ森は答えた。

「フロイト教授はどうしたんですか？」

「シャワー」

「ヲタ森さんは何してるんですか？」

「何って、ここから庭を見てたの」

あかねも一緒に外を見た。朝焼け雲が広がっていて、遠くから差し込んでくる朝日がシャワーのように影を作って、広い芝生やバラ園や、森に降りた霜がダイヤモンドのように光っている。

「きれいですね」

と、あかねが言うと、

「腹減ったよな。おばちゃん食堂、早く開かないかな」

と、ヲタ森は言った。

けれども彼の目はどこか遠くを眺めていて、あかねはちょっと不安になった。

「オレさ」

ヲタ森は窓を見て言う。

「やっとここを出て行けるかもって気になった」

「え？」

訊くとヲタ森はあかねを振り向き、ニッと笑った。

「コミュ障なんて、小さいことだよな？　なんかようやく、そう思えるようになったというか」

「……どこへ行っちゃうつもりなんですか？」

寂しくなって訊ねると、ヲタ森は急に眉根を寄せて、

「出て行けるかもって言っただけだろ？　まだそう思っただけだから」

と、唇を尖らせた。

「でも、いずれはここを巣立つんですよね。私も、ヲタ森さんも、卯田さんたちも」

「あ？　なに感傷的になってんの？」

「うわー、眠って起きたらいい天気！」

無駄に大きな声を上げ、姫香がベッドに起き上がる。そして掛け布団から頭の天辺

だけ出して寝ている翠を見た。

「お嬢様ってたいてい寝坊よね。おーい、おきろー」

「下々の者はうるさい！」

なんですってえ。と姫香は言って、翠の掛け布団にタックルをした。

「何すんのよ」

「起きなさいよ」

そんな二人を眺めながら、

「フロイトは来期も苦労しそうだな」

と、ヲタ森が言った。

少しだけ窓を開け、外の空気を室内に入れる。夜が終わって朝が来て、そうすると、世界は新しくなった気がする。この一瞬、この朝の空気を覚えておこう。明日来る朝を待ち望めるように。あかねはそう考えながら、翠のベッドに突進した。

「起きてください。外がとってもきれいですから、みんなで一緒に見ましょうよ」

「イヤよ、寒い。それに顔を作ってない」

掛け布団を引っ張る翠の顔が少しだけ見えた。

彼女はちっとも怒っていなくて、とても嬉しそうに笑っていた。

エピローグ

フロイトの奢りでおばちゃん食堂へ行き、みんなで朝食を食べ終えて、ゆっくりお茶を飲んでいるとき、あかねのスマホがブルブル震えた。椅子を引き、みんなに少し背を向けて電話に出ると、それは入社予定のスイセンからの電話であった。

メールでなく電話だったので、あかねは緊張し、思わず立ち上がって頭を下げた。

——こちらは株式会社スイセン人事部のものですが——

なぜか高圧的な声だった。

——城崎さんは入社説明会に出席されましたよね？——

「はい。しました」

——そのときにご家族やご友人の紹介資料を持ち帰っていますよね——

「はい」

相手は聞こえよがしに溜息を吐き、やってられないという雰囲気を出してこう言った。

――それ、どうして提出しないんですか――

「どうしてって……リフォームの予定や不具合がないからですけど」

目の前でフロイトたちが顔を見合わせ、なぜか姫香と翠が立って、あかねのそばへやって来た。耳を傾け電話の声を聞く。

「あのう……登録しておくと、工事が必要になったときに安くしてもらえるという書類ですよね。私実家が名古屋なんです。親戚がいるのは新潟で、だから」

――それなら友人とかいるでしょう。みんな提出してるんですよ。早くしてくれないと――

「え、でも友人は学生で、水道なんか……それに、それって個人情報……」

――誰か探して書いてこいよ！――

と、相手は怒鳴った。あかねは驚き、心臓が縮んだ。

「なに？」

ヲタ森が訊く。

「城崎さんが就職するブラック企業よ。個人情報提出しろって凄んできてるの」

姫香が言うと、翠も脇から、

「コンプライアンスのできていない会社なんじゃないの？　そんなとこへ行くことな

いわよ」

——もしもし？　城崎さん？　こっちの話聞いていますか？——

「どうしよう」

と、あかねは言った。これって絶対ヤバイ会社だ。

「でも私、内定受けますってメールしちゃった」

すぐさま翠がこう言った。

「内定は内定で決定じゃないから、法律上は入社日の二週間前までに内定辞退すればいいのよ。会社に出勤しなくていいの」

「城崎さんはその会社に行きたいの？」

「もう行きたくありません。ここ、やっぱりヤバイです」

「じゃあ、辞退したら？」

と、翠が言う。あかねは大きく息を吸い、頭のなかで考えた。

ここから自分で生きるんだ。自分を守って、大切な人も守るんだ。翠と姫香の顔を交互に見つめ、拳を握ってあかねは言った。

「あの……あの……その書類は、どうしても出さなきゃいけないヤツですか？　任意って書いてあったんですけど」

——そのくらい自分で予測つけろよ。どこの会社に入ってきたと思ってんだよ——

「名簿に書いたら、そこへ営業に行くってことですか？」

――はあ？　あんた、営業で募集してきたんだろ？　お客もなしに給料持ってく気なのかよ――

あかねは拳を振り上げた。

「城崎あかね、内定辞退させてください！」

精一杯の勇気を出したのに、電話の相手は大声で怒鳴った。

――ふざけんじゃねえぞ、俺をバカにしてんのか！――

そのとき翠がスマホに怒鳴った。

「ふざけてないわよ。音声録音したからね。入社二週間前までに内定辞退すれば」

――テメエ、誰だよ――

「誰だっていいでしょ」

と、姫香も怒鳴った。

――ガキが、いきがってナマ言ってんじゃねえぞ！――

するとヲタ森が寄って来て、スマホを取り上げ、こう言った。

「あー……大変失礼ですが」

急に男の声がしたので、相手は少しトーンを下げた。

――あんた誰だよ――

ヲタ森はコホンとひとつ咳払いをして、

「こちらは未来世紀大学学生支援課です。ちょうどこの春就職予定の学生たちを集めてレクチャーと指導をしていたところだったのですが、そちらは城崎あかねさんが内定を頂戴した株式会社スイセン様で間違いございませんでしょうか」

相手は何も応えない。

「昨今の就職事情に鑑みまして、警視庁の」

「ぼくが出ましょう。もしもし？　あー、こちらは警視庁生活安全課の……」

フロイトも電話に出ると、相手はブツッと切ってしまった。

「あっ、切りやがった」

ヲタ森はそう言って笑い、スマホの画面をズボンで拭くと、それをあかねに返してくれた。

「……ありがとうございます」

ブラック企業の内定を蹴ったことはよかったけれど、あかねは複雑な気持ちになった。

「うちへ来れば？　ダル・ソンノへ」

翠はそう言ってくれたけれども、それもなんだか違う気がする。

フロイトは優しい目であかねを見ているし、姫香はもう席に戻ってお茶を飲んでいる。ヲタ森は何も言わないけれど、自分を助けてくれたのだと思う。あかねはグイッと天井を見て、一瞬だけ目を瞑り、そして最高の笑顔を作った。

「みなさん、ありがとうございます。いっそ清々しましたから」

そして自分の席に戻って、飲みかけのお茶を飲み干した。カウンターの奥ではおばちゃんたちが、せっせとごはんを作っている。学生のほかに一般の人たちも食べに来ていて、おばちゃん食堂は大繁盛だ。

ついに卒論を提出し終えたあかねには、卒業式までにやっておかねばならないことが山のようにある。そのひとつひとつを考えながら、あかねは自分の心を覗いた。ほんとうにやりたいことはなんだろう。私はこの大学で、ここでしか学べないことを見つけたろうか。

「うん」

と、あかねは頷いた。他にやり残したことといったら、手羽先をツーアクションで食べきる技を、まだヲタ森に披露してないことくらいだ。


ピンクの桜の花びらが、風に吹かれて舞い上がる。空は青くて、風が澄んでいて、見慣れた景色が違って見える。卒業式の会場は大学ではなく巨大なホールで、ヲタ森や教授に晴れ姿を披露することはできなかったけれど、両親やお祖母ちゃんたちまでやってきて、たくさん、たくさん写真を撮った。親友のカスミと住むことになったアパートには、ほっくんのぬいぐるみもきちんと運んだ。お互いに家具も食器も少ないけれど、少しずつ新しい生活に慣れていこうと思う。

せっかく決まった就職先を無下にしてしまったことを報告すると、親たちもお祖母ちゃんたちもビックリした顔をして、次には、

「よかったねえ」

と、口々に言った。

「あかねがそんな上手に就職できるとは思わにゃあでね。お母さん、それを聞いて安心したわ」

「まあな、バイトしながら探しゃあええじゃ」

「お米は新潟から送ってやるから、ちゃんと食べなきゃいけないよ」

そして一致した意見を言うのだった。

「他人様に迷惑かけて金を稼ぐなどもってのほかだ」と。

あまりに多くの学生たちが一堂に会する大学の卒業式は、なんだか成人式を思い出させた。四年間のあれこれを思い起こそうとしてみても、心はやっぱり、わずか数ヶ月を過ごした幽霊森に行き着いていく。その日々がどんなに濃厚で大変だったか。そ

して素晴らしかったのか。あかねは真っ直ぐ前を向き、自分を褒めてあげようと思った。そして自分を褒めてあげる日が、自分に訪れたことに驚いた。


夢を見ますか？

あなたはそれを覚えていますか？

繰り返し見る同じ夢がありますか？　忘れることのできない夢は？

それは夢科学研究所がサイトのトップページに載せた文言だけど、今ならすべての質問に答えられるとあかねは思う。

ここは夢を集めるサイトです。夢を可視化するプロジェクトを進めています。

そのプロジェクトはすでに可視化の域を出て、頭から直接夢を引っ張り出せる段階へと進んでいる。

あなたの夢を聞かせて下さい。

あかねは答える。私の夢は……


そして三月末。新しい学生たちを迎えようとしている私立未来世紀大学の、構内の外れにあるヤブヤブの幽霊森へ、一人の女性がやって来る。肩のあたりで切った水色の髪。ラフなシャツにジャケットを羽織り、デニムパンツにスニーカー履き。長い回廊を真っ直ぐ進み、切れ目から森へ踏み入って、斜めになったプラカード型の案内看板の向きを直して、笹藪《ささやぶ》の中をガンガン進む。

幽霊森にもう幽霊は出ないけど、森を進むと青いものと白いものと黒いものが見えてくる。コピー用紙を貼ったドアをノックすると、中で不機嫌な声がする。

「誰？」

彼女はドアを引き開けて、パッと入ってパッと閉め、両手を揃えてお辞儀する。

「本日より事務職員としてお世話になります、城崎あかねと申します」

そして手土産を差し出した。

「名古屋名物手羽先でーす！　ツーアクションで食べきる方法を伝授しますよ」

壁のそばにいたヲタ森が、椅子ごと向いて立ち上がる。デスクに座ったフロイトが、笑顔でメガネを持ち上げる。姫香と翠は引っ越し準備でまだいない。

事務職員のあかねには大学から白衣が貸与されたので、だから今日こそ三人揃って、白衣の写真を撮っておこうとあかねは思う。それはあかねが生き方を見つけた大切な日々。人の生き様と悲しみと、おぞましさと恐ろしさを知った日々。そして人の確かさと、愛おしさを信じた日々の証だ。

私立未来世紀大学夢科学研究所の春学期は間もなく始まる。

thanks, and see you.

参考文献

『闇に魅入られた科学者たち　人体実験は何を生んだのか』　NHK「フランケンシュタインの誘惑」制作班＝著／NHK出版
『世界と日本の怪人物FILE』　歴史雑学探究倶楽部＝編／学研プラス
『神経心理学コレクション　精神医学再考　神経心理学の立場から』　大東祥孝＝著／医学書院
『成果情報　睡眠中の脳のリフレッシュ機構を解明』　国立研究開発法人日本医療研究開発機構
https://www.amed.go.jp/news/seika/kenkyu/20210901.html

――本書のプロフィール――

本書は書き下ろしです。

小学館文庫

夢探偵《ゆめたんてい》フロイト

—ナイトメアの殺人実験《さつじんじっけん》—

著者　内藤《ないとう》 了《りょう》

二〇二二年一月十二日　初版第一刷発行

発行人　石川和男
発行所　株式会社 小学館
〒一〇一-八〇〇一
東京都千代田区一ツ橋二-三-一
電話　編集〇三-三二三〇-五六一六
販売〇三-五二八一-三五五五
印刷所——大日本印刷株式会社

この文庫の詳しい内容はインターネットで24時間ご覧になれます。
小学館公式ホームページ　https://www.shogakukan.co.jp

ISBN978-4-09-407103-0